JN302422

# 長年のうつ病
# 転職で完治

田村浩二

ハート出版

# はじめに

私は、昨年をもって退職しました。それから約六か月が過ぎようとしていますが、うつ病の症状は本当になくなりました。

やはり、私のうつ病の根本原因は職場や仕事の内容そのものにあったと実感しています。そして、私の場合は根本原因を取り除くことが、完治への唯一の方法だったと確信しました。

もちろん、転職をし、収入が激減したことによる新たな問題は抱えていますが、現に私は今、死ぬことなく生きていますし、あのまま仕事を続けていたら本当に死んでいたかもしれません。命あっての仕事です。何も仕事のために死ぬことはないと今では思っています。だから、仕事を辞めたことは一切後悔していません。

人間には我慢の限界というものがあると思います。よく「乗り越えられない壁はない」などと綺麗ごとを言う人もいますが、私は少し違っているのではないかと考えています。

人間には向き不向きがあり、やはり、その人には合わないことだってあると思いますし、無理なものは無理なのです。それを、「何が何でも」と無理をするからうつ病になるのです。

中には根本原因がわかっていても、そこからなかなか逃れられない人もいるでしょう。しかし、もしその原因が特定できていて、そしてそこから離れることが可能ならば、私は迷わず離れるべきだと思っています。長年うつ病と付き合ってきて、たどり着いた結論はそういうことでした。

薬も休養ももちろん大事ですが、それだけではうつ病の完治は難しいのではないかと思います。

毎日長時間、苦しみに苦しんで働いていて、いったい何が楽しいのでしょうか。そんな状態で、生きていると言えるのでしょうか。

はじめに

確かに生きていく上で避けては通れない嫌なこともたくさんありますし、何でもかんでも避けろというつもりはもちろんありません。しかし、せめて生きていく以上、うつ病の原因になるような大きな要因は、可能な限り取り除くべきだと私はこの本で訴えたいのです。

私は今、心から仕事を辞めて良かったと思っています。なぜなら、今もこうして生きていられるのは、仕事を辞めたからです。

「うつ病よ、さようなら！！」

平成二四年三月　田村　浩二

# もくじ

もくじ

# 第一章　うつ病が原因で仕事を辞めた

## 辞表提出

私は、今から約八年前にうつ病を発症しました。

予兆も含めますと、もう少し前からそれっぽい症状は出ていました。

でも、本格的におかしくなり、仕事を休職したのがこのときです。

そして、その後も復職と休職を繰り返し、この度、ついに職場を去ることを決意しました。

一度目の休職は一年二か月、二度目は一〇か月、そして三度目は三か月と徐々に休職期間は短くはなってきてはいたのですが、職場に行くと「うつ」がどうしても酷くなるものですから、もうこれ以上、出勤することができなくなってしまったのです。

しかし、過去に三度も休職を繰り返していたため、「また休ませてください」とはさすがにもう言えず、自ら辞表を書くしかありませんでした。

実は、三度目の休職の後、七か月間は何とか粘ったのですが、どうしても限界だと感じたので、一度その時点で辞表を提出しました。ちょうど職場としては人事異動等で忙しい三月三一日のことです。

職場側は、「えらい急やなあ。今正直それどころやないし、君も混乱しているやろから、とにかくこの辞表は一週間預かる」と言われました。

正直言って、私の職場は寛大です。普通なら「あ、そうか。お疲れさん」と言ってその場で受理されるかもしれないところでしたが、私の場合はとりあえず一週間の年休をいただけたのです。

この私の一連の行動に妻は、もちろんいい気はしていませんでした。決して私の独断で決めたわけではなかったのですが、妻からしてみれば、安定した収入源が絶たれるのですから、賛成な訳がありません。

私が電話で「今、辞表を提出してきたから」と言うと、妻は、「じゃあ、次はどうするの」と必死で聞いてきました。

妻の言い分も痛いほど解ります。何にもなしの丸裸になってしまうのですから、不安でたまらなかったのでしょう。

ちなみに私は現在四三歳の平凡すぎるくらい平凡なただのおっさんですが、ちょうど息子が小学校への入学を控えていました。そんな大事な時期に、次の就職先も見つからないまま、私は辞表を提出したのです。

でも、その時の私の頭の中はもう狂っていたのでしょう。周りのことを考えている余裕がまったくなくなっていましたから。

## 辞表撤回

辞表を提出した時点で私はもう辞める気満々だった反面、先程来言っていますように、次の当てがまったくありません。

辞表を提出したその足で、一度タクシー会社の面接を受けたのですが、そこで厳しい現実を突きつけられます。

「悪いことは言いません。今の職場をまだ辞めていないなら、居残られたほうが無難だと思いますよ」

担当者の話に納得した私は、冷静になって一度考え直しました。

「幸い、辞表は一週間の預かりとなっているし、もう一度頼み込むしかないのかな……。本当は死ぬほど戻りたくはないのに、生活のためを考えると、戻らざるを得ない……」

それが、その時出した結論でした。

しかし、問題は戻してくれるかどうかです。自分は戻りたいと言っても、過去に三度の休職、おまけに今回は辞表まで出している――そんなに事がすんなり運ぶはずがありません。とにかく、もう頼み込む以外に方法は思いつきませんでした。

私は、さっそく上司に連絡を取り、「自分は浅はかで軽率な行動をとってしまったことを反省しています。出来ることなら、勝手なことは承知でもう一度戻していただけないでしょうか」と言いました。

上司は当然、難色を示しました。

それはそうでしょう。「三度の休職」「辞表提出」その後に手のひらを返したように「戻してほしい」。誰がどう考えても「よし分かった。戻ってこい」とはならないでしょう。

辞表も建前上、あるいは時期が悪かったせいか、たまたま一週間預かったというだけで、別に何も私に一週間じっくり考える時間を与えてやるというような色彩のものではありません。

「とにかく、一回来い。直属部長と総務部長と専務と四人で話し合おう」ということになりました。当然、皆「困ったなあ」といった渋い表情です。

「どうなの？　戻りたいということやけど、本当にやれるの？」と聞かれ、私は戻してもらうことしか考えていませんから、「やります、やらせてください」と懇願しました。それしか私の生き残る道はないとその時は思っていたからです。

たとえそれが本意ではないとしても。

そこからは、もう向こう三人の独壇場でした。私は何も言うことなどないですし、ただひたすらお願いするしかありませんでした。

約一時間ほど会話した結果、何とか「これがもう最後やぞ。次はないからな」ということで、職場に戻してもらえることになりました。

「ありがたい」と思う反面、「ああ、またあの仕事に戻るのか」といった相反する気持ちが私の中で交錯していました。

とにもかくにも、これで経済的には不安はなくなったという安堵感があったのは事実ですが、依然仕事がちゃんとできるかと言われれば不安だらけでした。

でも、その時、総務部長が私にこう訊ねました。

「病院ではちゃんと先生に色々話しているの？」

私が、

「いや、あまり話していません。何故かというと、正直に話しても先生はまた『薬を変えよう』か『診断書を書くから休みなさい』のどちらかしか言わないことを知っているからです」

こう答えると、

「そんなこと自分で決めつけんと、なんでも先生に言わなアカンで。そのためにお金払って診察に行ってるんやろ?」とのこと。

確かにおっしゃる通りなのですが、今までに散々色々な薬はもう試しているし、副作用で嫌な経験もしているのであまり薬を変えてほしくなかったのと、診断書を書かれても私はもう休めないという強い思いがあったから、あえてあまり本音をしゃべらなかったのです。

しかし、部長はそんな事情も知らないので、「とにかく今からすぐ医者のところへ行って、本当に戻って良いかどうか訊いてきなさい。その結果を報告して」と言いました。

そこで私は、主治医のもとへすぐに行きました。正直、「何しに行くのかな?」という疑問は若干ありましたが、戻るためにそれが必要な工程なら行ってこようと思ったのです。

先生は予想通り、「あ、そうですか。良かったじゃないですか。そうやって戻してくれる言うてるなら、戻られたら?」とおっしゃいました。

それをすぐに電話で直属部長に伝えると、もうしょうがないなあといった雰囲気で、「分かった」とだけ言って承諾してくれました。

こうして、私は、またまた職場に戻ることになったのです。

しかし、行きにくい。

当たり前ですよね。

自分がやっていることは非常識極まりないし、何より周りの人に一番迷惑をかけているのですから、戻りづらいのは当たり前です。

私は重い足を引きずりながら、再び職場の門をたたきました。

周りの人には丁重にお詫びを入れ、本当は許してなんかもらってないでしょうが、表面上は何とか落ち着きました。

そして、私は再び同じ職場で働き始めたのです。

しかし、やはりきついのは前と同じです。仕事も変わらなければ、自分自身の考え方も何も変わっていないのですから、結局は辞表を書く前と何も変わっていないのです。

## そして退職

私はそれから、約二か月間必死でしがみついて頑張りました。

しかし、もはや身も心もボロボロになり、もうその頃には自殺念慮が頭から離れなくなっていたのです。

毎日が辛い。

それも並大抵の辛さじゃない。

尋常じゃないくらい辛いのです。

その二か月間の間にも私は何度か休みました。朝起きると、なんとも言えない絶望感に襲われ、とても職場に向かうことができない日が何日かありました。

そして、休むと翌日の朝がまた、余計に辛いのです。休めば休むほど次が行きにくくなるのは十分分かっているのですが、とにかく今日休みたいという強い欲求に逆らえないのです。

ですから、休んだこと自体に決して後悔はないのですが、とにかく休んだ翌日が出勤しにくいのです。

それを繰り返しているうちに、段々と仕事の処理も後追いのような感じになっていき、後れを感じるようになったのです。

当然、周りの風当たりも強い。私は、

「もうここには長く居られないなあ……」

そう、思っていました。

私には妻と子供が一人います。いわゆる妻子持ちのおっさんです。しかも〝何のスキルも経験もない使い物にならないおっさん〟という自覚がありました。

それだけに、「ここを辞めても勤まるところなどない」という強い危機感から何とかしがみついていたのですが、もう限界が来てしまいました。

私は、そのことを妻には何度も何度も訴えました。

「もうこれ以上仕事に行くぐらいなら死んだ方がましや。死なせてくれ。死ぬのがダメなら仕事を辞めさせてほしい」と。

しかし、妻はいつもどちらにも首を縦に振ろうとはしませんでした。

つまり、「死ぬなんてイカレている。仕事辞めるのもアカン」ということです。

しかし、すでに私の中ではもうその二択しかなかったので、妻の対応には本当に苦慮しました。

妻の言い分は私も頭では理解はできるのです。

「死ぬなんて絶対アカン。かといって今仕事を辞められると、これから生活していけなくなるし、それも困る」

ごもっともです。理屈は明らかにそちらの方が正しいのです。それくらいイカレている私でも理解はできるのですが、いかんせんもう身体がまったくいうことを聞いてくれません。

でも私は本当は妻にこう言ってほしかったのです。

「分かった。そんなに辛いのなら、また死ぬくらいなら、命の方が大切やから、とにかく死ぬのは止めて、もう仕事辞めればいいやん。生きてさえいてたら、また何かしらの方法でやり直せるかもしれへんやん」と。

しかし、妻は最後までそのような言葉は発してくれませんでした。

キレ気味に「もう好きにすれば」と言われたことはありましたが、私には、その「好きにすれば」が「辞めて良いよ」とは決して聞こえなかったのです。それは、妻が本気で「好きにしていいよ」なんて思っていないことを知っていたからです。

妻の両親からも、最初の辞表を出したときには心配していると同時に、「やっぱり子供もローンもあることやしねえ」みたいに説教とまではいかなくとも忠告を受けていました。これも嫁の親なら当たり前のことですよね。言われても当然なのは分かっています。

自分が原因で、妻にはもちろん妻の両親にも心配をかけていることを、本当に申し訳なく思っていました。

私は悩みました。

もうこれ以上仕事に行くことはどう考えても無理。かといって死んではいけないという理性はまだ少しだけ残っていました。でも妻は辞めてはいけないと言っている、あるいは本心でそう思っていることは知っている。

「もう、どうしよう」と頭を抱えました。

「それだけ辞めてほしくないのなら、もうやけくそになって、どうなろうが知らんがこのまま仕事行き続けてやる。その代わりどうなっても知らんぞ」などと訳のわからない混乱したことを思ったりもしましたが、どうにも頭も身体も動かない——そんな日々がしばらく続きました。

私は鉛のような足を引きずりながら、何とか一日仕事を終えて帰ってくると妻の機嫌は良いのです。決して妻も私を苦しめようなんて思っていないことは百も承知なのですが、私には段々妻が鬼のように思えてきていました。

人がこれだけ苦しんでいるのに、助けを求めているのに、なぜあの一言を言ってくれないんだというジレンマがずっと私の中にありました。

でも、そんな日々を続けていくうちに、私はもう本当にイカレてしまったのです。

「死んだらとにかく終わりや。子供はまだ小学一年生、きっとこれから苦労しよる。家も売って、転校も余儀なくされるかもしれない。まだ入学したばかりなのに、すぐに転校なんてさせたらあまりにも可哀そうだ。それに何よりこんな私でも子供は好いてくれている。私が突然冷たい身体になって、もう二度と会話もできなくなったら、息子はきっと深い悲しみに包まれるだろう。死という選択肢はとにかく止めておこう……」

そしたら残る道はもう一つしかありません。

妻が納得してなかろうが、もう辞めるしかないと思いました。

私は、もう限界であることを上司に告げました。

私は、今までずっと仮面をかぶって仕事をしてきました。それについてはまた後程詳しく話しますが、もうその仮面を脱ごうと決心したのです。

その日は、もう出勤すら出来なかったので、朝に職場に連絡を入れました。

「退職の時期については、もう一任しますから、おっしゃっていただいたら、その日付を辞表に書いて提出しますので、時期だけ教えてください」

続けてこう言いました。

「『もうそんなヤツ今すぐ要らんわ』ということでしたら、今すぐ辞めさせてもらいますし、いや、いつまではいてもらわな困るということであれば、その日までいます」

とにかく辞められるという証がその時点で欲しかったのです。

すると、直属部長から連絡が入り、こう言われました。

「今日か明日どちらでも良いので、一度奥さんの意見も訊いてみたいので、自宅に伺いたい」

私は、今更何を訊きに来るのか不安で仕方がなかった上に、そんな気持ちをいつまでも引きずるのは嫌なので、妻の承諾も得て、「今日の方がいいです」と答えました。すると、

「分かった。じゃあ総務部長と二人で夕方には行けると思うから」

と直属部長から返事がきました。

正直、夕方まで待つのも不安な気持ちで一杯でした。

「本人がもう二度も辞めるとはっきり言い切っているのに本当に今更何を訊きに来るのか」「妻の話を訊いてどうしようと考えているのか」「妻が何か言えば、何かが変わるのか」「もし変わらなければ、いったい何をしに来るのか」……などと妻と話していました。

妻は、「私は退職には反対。給料が減ってもいいから何とか残してもらえるように言うよ」と一縷の望みを持っていたみたいです。

私は、「社会はそんな甘いところじゃないよ」と言うと、妻は「いや、私は絶

対言う」と言ってきませんでした。

妻が私に、「もし給料が半分になっても時間さえ短くなれば、あるいは出勤日数が週に三日だけとかなら行けるんやろ?」と言ってきたので、そんな措置をしてくれるわけがないとは思っていましたが、一応、「それやったら何とかいけるかもしれへん」と言いました。

それを聞いて、妻はその辺のことも進言しようとしたのでしょう。

妻は、とにかく私を今の職場に居残らせようと必死でした。

夕方になり、二人の部長が来られました。

部長たちが話をしたいのは私ではなく明らかに妻でした。私の意思はもうはっきり分かっているのだから、今更家にまで来て訊くことなんて何もないのです。

だから、事前に「コーヒーは俺が入れようか」と妻に言いましたが、妻がいいと言っていたので、部長が来られて妻はすぐにコーヒーの支度をし始めました。

しかし、案の定、妻が台所に立っているものですから、両部長と私は簡単な世間話しかしませんでした。辞めることについては本当に触れなかったのです。

そして、ようやく妻がコーヒーを入れ終わり、席について四人で話し合いが始まると、ようやく総務部長から本題が切り出されました。

「いや、実はこうして来させてもらったのは、本人はもう辞めたいと言っている、それははっきりもう分かっているのですが、奥さんはどう思っておられるのか一度訊いておきたかったのでお邪魔させてもらったのです」

それを聞いて妻は、予定通り、すがるような言い方で、

「何とか残してもらえる方法はないのですか？　給料は減っても良いので、仕事量を減らしてもらうとかできないんですか」

といきなり泣き出しながら懇願しました。

部長も困った様子で、

「奥さんのお気持ちはよく解ります。でも給料を減らして、バイトのような形で時間を短縮して雇い続けるということはできないのです」

妻はまだ粘ります。

「そこを何とかならないものでしょうか……」

しかし私が言っていた通り、組織はそんな甘いところじゃありません。結局泣きながらの妻の訴えは聞き入れられることはなく、早い話もう辞めてもらう方向でもっていくことになったのです。

一瞬私は「ほないったい何しにきたんえ」と思いましたが、まあ善意で来てくださったのだから素直に聞いておこうと思っていました。

「どうせ辞めさせる（辞めると言っているのは自分ですが）のなら、何もわざわざ遠い家まで来なくてもいいのに……」というのが私の本音でしたが、まあ向こうも一応妻の考えも聞いておきたかったのでしょう。「本人はもう血迷っているので独断で辞めると言っているが、後で嫁がごちゃごちゃ言って来たら困るとでも思ったのかな」とも正直勘繰りました。

そこで総務部長より、以下の結論が出されました。

「とりあえず、一週間年休にしておく。その間にご夫婦で医者へ行ってきなさい。そこで、ご主人が例えばどんな職種ならできそうなのかなども含めて、相談してきなさい」

　というものでした。

　私は、「そんなこと心療内科の先生がアドバイスできるわけがないやん」と心の中で思っていましたが、「そうせいと言われるのなら、従うしかないなあ」と割り切りました。

　それから、「こちら側として最大限にしてあげられることは、先生に診断書を書いてもらい、最大三か月なら休職扱いにしてあげるから、その間に次の就職先を見つけるなり、職業訓練を受けるなりしたらどうか」という提案もしてくれました。

　そこで妻は、またもや「そしたら、その休職の後、もしまた行けそうなら戻してもらえるのですか？」と必死になって聞きましたが、「残念ながらそれはもう無理でしょう」との回答。

　それはそうでしょう。これまでの私の行いからして、そんなことＯＫが出るはずがありません。三か月の猶予をもらっただけでも十二分に有難い話です。私はそのことについては、大いに感謝しました。

でも実は私もひそかにどこかで妻の最初の提案、つまり給料激減、でも時間短縮というスタイルが通ればそれは理想だなあという思いもありました。

なぜなら、嫌いなことでも時間さえ短ければ確かに何とかやれそうな気はあったからです。

でもそんなこと通る世の中ではないことは分かっていますので、そこでやっと「ああ、俺はついにもうホンマに辞められるんや」といった安堵感を感じました。

二人が帰った後も、妻は私に、「もう、どうすんの？」「これからどうやっていこうと思ってんの？」と矢継ぎ早に攻め寄ってきました。

私は正直「そんなプランが頭の中にあったらとっくに話してるわ」と思って黙って聞いていました。

でも、しばらくすると妻も落ち着きを取り戻し、「まあでも休職期間もくれるて言うてくれたはるし、しばらくはゆっくりしてまた次探したら？」と言ってくれました。

ちなみに妻は「正直言って、パパ（私）はもう就職先なんか見つからへんと私は思ってるよ」と言いましたので、私も「俺もそれは分かってる。でも生き続けるためにはこうするしかなかったんや」と言いました。

とにかく、翌週、心療内科の予約を入れました。

私が妻に「二人で行って来いて言うたはったけど、診断書もらいにわざわざ遠方（心療内科は職場の近くにあるので家からは遠いのです）まで行かんでもいいで。俺一人で行ってくるし」と言うと、妻は「何言ってんの。私も行くにきまってるやん」とのこと。何を訊きたいのか分かりませんが、なぜか妻は行く気満々でした。

思えば私はいつしか生きていくために、そして、生活していくために本来は働くところを、働くために生きているという感覚になっていたのだと思います。

本来仕事と言うものは、生きていくため、食べ物を食べるため、衣服を買うためなどのお金を稼ぐために働くものです。もちろん、世の中のためや人々のために働くという意味もあると思います。

しかしながら、私の場合は、明らかに順序が逆になっていました。毎日が働くために生きているという意識が日増しに強くなってきていました。

これはくしくも今は亡き私の母親（享年五一歳）も一緒だったような気がします。母は本当に働き者で、当時は週休二日制なんてない時代ですから、毎週六日働いていましたし、家事もこなしていました。当然自分の時間なんてまったくと言っていいほどありませんでした。さぞかし睡眠時間も短かったでしょうし、身体も相当きつかったと思います。

実は私の母親も死ぬ前は「死にたい、死にたい」と毎日のように言っていました。相当辛かったのでしょう。当時、私は「何でそんなに死にたいの？　こんな息子や娘がいるやん、何でなん？」とよく訊いていましたが、今、その理由がはっきりと理解できるのです。今の自分が亡くなる前の母親にそっくりなのです。

母は診察こそ受けていませんでしたが、私は母が完全にうつ病だったと思っています。その時は私も若くそんな病気があること自体知りませんでしたから、そんなことは思いもしませんでしたが、明らかに母は心を病んでいました。

子供がかわいい、これは当たり前です。きっと母も私たち姉弟がかわいかったに違いありません。しかし、うつ病のどん底に突き落とされると、それらは切り離されて考えられてしまうのです。とにかく今のこの苦痛から抜け出るにはもう死ぬしかないと思い込んでしまうのです。

私は「当時の母の心境もこんなんだったのだろうなあ」と、おぼろげながらに空想していました。

母は、おそらく四〇代になってからうつ病を発症、いや、もしかしたらもっと前からかもしれませんが、私も三〇代半ばで症状が出てきました。なんとなく頭の構造が一緒で、遺伝している部分もたぶんにあるように思えて仕方がないのです。神経質で、社交性がなくて、ネガティブなところもそっくりです。

ちなみに姉は父に似ていて、明るく社交的で、楽天的です。私たち姉弟の性格は見事に真っ二つに分かれてしまいました。

とにかくこれでもう、一八年間勤め上げた私の退職が正式に決まりました。すると、不思議なくらいに自殺念慮が消えていきました。生きるためにはこうするしかなかったのです。死ぬくらいなら辞めてしまった方がマシ——これが私の下した決断でした。

もちろん、ここで休職ができる人は、辞める前に休職をすべきだと私は思いますが、私の場合もうそれは無理だったので、辞めるしかありませんでした。

後悔はありません。これで命がつながったのですから。もし、私が今死んでしまったら、幼い息子はきっと苦労をし、深い悲しみを背負うことになったでしょう。妻も同じです。なぜ、あの時、思うようにしてあげられなかったのかと自分を責め続けることになるかもしれません。それを回避できただけでも良かったと思っています。

ここで、妻が、「もうどうせ辞めるて決まってるんやったら、私が病院に付いて行って何を訊くの？　もう行かなくていいんちゃうん？」とこれまでと一八〇度違うことを言いだしましたので、「確かにその通り。別に行かなくても良いよ。

一人で行ってくるから」と言いました。

妻は、どうしても今の職場に私を残したいと思っていたみたいです。言うなれば、それが医師の診察を受けて何とかなるものなら喜んで病院へ行くけど、もうそれが叶わないのなら、行っても仕方がないといった感じでした。

妻の言い分も私は決して理解していない訳ではないのです。

辞めれば経済的に苦労するのは目に見えているからです。重要ポイントはそこだけなのです。「あんたが辞めて今と同じだけ稼げる会社に就職できるとはまったく思ってないよ」と妻はまたもや言っていますが、それは私も知っています。

ただ、私はそれも知ったうえで、もう辞めるしかなかったのです。

妻は、「明日から、五時半（それまでは五時五〇分頃）に起きるわ」と言い出したので、「何でまた？」と私が訊くと、「朝七時までが電気代が安いんやん。だから早起きして、七時までに電気を使うこと全部やってしまうんやん」と言いました。

私はありがたい反面、身につまされる思いをしました。私が辞めなければ妻の口からこんなことも発せさせずに済んだのにと。

これだけに限らず、私が辞めると決まってからは、妻は何かと節約モードに入りました。こういうときの女性の変化って早いですよねえ。つくづくそう思いました。妻はこれから苦しくなるから何とか出来ることをしなければと思ってくれているのだと思いますが、私にしてみれば、いきなりコロッと変わられるのが、またなんとも言えない心境になるのです。身につまされるのです。

でも仕方がない、これは自分が蒔いた種だからと思っていました。

## 医師との面談

医師との面談をしてきました。

結局、妻は来ませんでした。というのも、

「病院へ行って、少しでも復職の可能性があるのなら行くけど、それがなくなった今となってはもう行く必要がない」とのこと。

「うーん、はっきりしている。この割り切りよう」と私は思いましたし、一応、家に来られた両部長からは夫婦二人で受診してくるように言われていたので、私一人で大丈夫かなとは思いましたが、妻がもう行きたくないと言っているので結局一人で行ってきました。

ついでに妻は、主治医にも悪態をついていました。

「あんなん、やぶ医者や。結局長年かかって、パパの病気を治せへんかったやん。ほんで辞める結果になってしまったやん」と。

でも、主治医が良いか悪いかは別として、私が今回辞表を提出したのは少なくとも医者のせいではないことは、私が一番よく知っていました。たとえどんな医者であろうとも、三回も休職を重ねて、辞表提出を一回撤回し、また辞表を出した人間を救えというほうがどだい無理な話なのです。

妻が行かないというものですから、予約時間の一〇時半に行く必要がなくなったので、私は診察開始時間の九時半よりも三〇分早い九時過ぎには医院に入っていました。

「受付に、今日一〇時半からの予約ですが、急ぎなので、予約の人優先にしてもらっていいので、間にでも入れて診ていただけませんか?」というと、「良いですよ」とのことだったので、私は主治医が来るのを待合室で待っていました。

しばらくすると主治医が来ました。幸い朝一番の予約患者も来ず、私は九時半になる少し前に診てもらえることになりました。

私は第一声でこう言いました。

「先生、すみません。もうやっぱり我慢の限界を超えましたわ。また辞表を提出しました。それで今日寄せていただいたのは、職場の最大の恩赦として、先生に相談し、診断書を書いてもらえれば、退職を三か月伸ばしてやると言われています。そこで、先生にお願いなのですが、そんな診断書て書いてもらえますやろか」

正直、私はそんな診断書なんて書いてくれないのではと思っていました。なぜなら、今までのように、休職をしてまた元気を取り戻して職場に復帰するための診断書ならまだなんとなく理解ができるのですが、今回のは少し様相が違っています。明らかに退職日を伸ばすためだけの診断書ですから、そんなに簡単に書いてくれるか非常に心配でした。

家でもそのことを事前に妻に相談していましたが、妻は「何言うてんの？　そんなん書いてくれるに決まってるやん。お金さえ払ったら診断書なんかなんぼでも書いてくれるわ」と言っていました。また、私が「でも、今回のは今までの診断書とちょっと意味合いが違うしなあ」と言うと、妻は「一緒、一緒、おんなじや。何が違う言うの？　今、おかしくなっているから三か月休養を取りなさいという意味ではまったくおんなじやん」とまったくケロっとしていました。私とは対照的に。

そして、主治医に今の状況を報告すると、「そうですか、もう仕方ないね、分かりました、じゃあ、診断書書いておくから」とおっしゃいました。

正直、私はホッとしました。本当に書いてくれるかどうか非常に不安だったので、何か安堵の気持ちに一瞬浸り、私は思わず主治医に「ありがとうございます」

と言いました。心の中でも何度も「ありがとうございます」と繰り返しました。

ちなみにここの診断書は一通五千円します（もちろん保険適応外です）。相場がどんなものか知りませんが、私はいつも高いなあと思っていました。しかし、休職のために必要とあらば頂かなくてはなりません。

また、上司から「いったい君はどんな職業が向いているか先生に訊いてきなさい」と言われていたので、「精神科医にそんなことまでわかるか？」と思いながらも、一応は訊いておきました。

主治医は、少し困った様子で、「うーん、何が良いかねえ……。どちらかと言うと組織にいるよりも自営の方が向いているかもね。喫茶店とかうどん屋とか……料理とかはできるの？」と訊いてきたので、「料理はできません」と答えると、「じゃあ、ちょっと難しいかもね」とのこと。

私は少し意外でした。一応、なんなりとは答えてくれるんだと。

後は「人と話するのが苦手とかそういうことはないの？」と言われたので、「人と話することは別に嫌いじゃないです。どちらかというと、私はパソコンをはじめとするいわゆるＩＴ機器が大の苦手なのです」と答えると、主治医（ちなみに女性）は、「そうね、自営といっても資金もいるでしょうし、雇われるなら、何かもっと単純な作業に付いた方が良いかもね」ともおっしゃいました。

確かにまんざら主治医の言っていることも的が外れているとは思いませんでした。元々社交性のまったくない私は組織の一員として働くことよりも、どちらかと言うと自分一人でできる仕事の方が良いような気もしますし、単純な作業の方が向いているのかもしれません。

とにかく私は根っからのパソコン嫌いですが、現代ではまさに仕事には無くてはならないものですし、その内容も日々進化し続けています。私は正直、それらには完全に付いていけないでいました。

レベル的にはワード、エクセルの基本的なことはできますが、それ以上のことは出来ません。アクセスなんか訳のわからない世界ですし、覚えたいという気にもなりません。また、気の効いたチラシ一枚作ることができませんし、ホームページ作成なんか絶対無理です。あ、年賀状も作れません……というか人付き合いの最悪な私は年賀状すら一枚も書きません。

私は五千円の診断書を手に取り、「はて、どうしようか?」と一瞬悩みました。職場は医院の比較的近くです。このまま持参するか、はたまた郵送するかをです。

正直、その時点ではもう職場の建物に近づくのも恐くなっていました。

「出来ることなら、このまま家に診断書を持って帰って、郵送させてもらおうかな、どうせもう辞めるんだし……」

そう思いましたが、そこは妙に真面目で、「やはりこういうものは持参すべき」と思い、職場まで直接持っていきました。しかし、さすがに職場の中までは入る勇気はなかったので、上司に玄関口まで取りに来てもらいました。

「何とか直接手渡すことができて良かった……」

そう思って、帰りのバスに乗り込みました。

## 退職直後

こうして無事に職場に診断書を提出したわけですが、ここでも私は「しかし、ホンマにこんなんで、三か月退職を延ばしてくれるのかなあ」と心配していました。家に来られた時には確かに口にしていたけど、この段階になって「やっぱりできひんわ」と言われるのではないかと内心ヒヤヒヤしていました。

しかし、その診断書で、予定通り三か月の退職時期延期は決まったようで、一安心しました。ただちに辞めろと言われるのと三か月の猶予があるのとでは雲泥の差ですから。

その反面、「やはりうちの職場は一般企業より甘いなあ」とも思っていました。普通なら、「ほな明日から来なくていいよ」と言われてもまったくおかしくない話です。

しかし、せっかく三か月の猶予をやると言われているのに「いいえ、結構です」

とは言える身分では到底ないので、有難く受けることにしました。

とは言うものの、三か月なんてアッという間に過ぎてしまうのは分かっています。三か月後にまた就職活動をすれば良いわといった呑気なことを言っていられるとは到底思っていません。どうせ探してもそんなに簡単に見つかるとも到底思えないですし、早く次のアクションを起こさねばと思っていました。

しかし、ここで問題なのは、私にはやりたいこともなければ、何のスキルもないことです。しかも四三歳のおっさん。こんなヤツを雇ってくれるところなんてあるとも考えにくいです。

そんなことは辞める前から分かっていたことですが、それでも生活をしていくためには、何らかの仕事に就かなければなりません。

私が自殺をせずに何とか生き延びる選択肢はもうそれまでの仕事を辞める以外になかったのですから、何が何でも次を見つけて、家族のためにも頑張らなければという思いがありました。

しかしながら、その思いとは裏腹に「俺に何ができるねん？　結局何もできひんやないか」という情けない思いに駆られていたのも事実です。

まず、人に何かを売る、あるいは勧めるということが苦手なので、営業なんてまったく向いていません。そして、主治医の先生に話したとおり、私は大のパソコン嫌いです。かといって体力に自信があるわけでもありません。

営業もダメ、パソコンもダメ、体力勝負もダメとなったら、あと何が残るでしょう。まったく考えもつきませんでした。そんな自己評価ですから、自分で「何をやらせても一人前にできない、俺はダメなヤツ」というレッテルを貼っていたのです。

でも、文句を言いながらも、辞めさせてくれた妻のためにも、また、子供のためにも、「とにかく何かをやらなければいけない」ということだけは分かっていました。

私はとりあえず、ハローワークに行きました。

担当者は、お決まりのフレーズを使ってきました。

「なぜ、今のところを辞められるのですか？　正直言って、今から再就職を目指されるよりは、まだ辞めていないなら、辞めない方が良いんじゃないですか？」

これは、今までにも何度か聞かされていますので、「ああ、またか」と思いましたが、確かに妻をはじめ、職場の条件面しか見ていない人なら、一〇〇人が一〇〇人とも辞めるなと言うだろうなとは自分でも分かっていました。

ハローワークの求人欄を見ていても、やはり想像通り、やりたいこと、出来そうなことというのはほとんど何もありませんでした。

のちほど運送業の面接にも行きましたが、そこでも例の同じフレーズを聞かされました。

「何でまた辞めるんですか？　できればそこにやはった方が良いような気がしますけどね」

そして、運送業なら身体を張る仕事なので、そこそこ稼げるかなという甘い考えはそこで吹っ飛んでしまいました。正直、思っていたよりもかなり賃金が安かったのです。そこは時給いくらといったまるでアルバイトのような雇用形態でした。「それでもうちはまだ運送業の方ではマシな方ですよ」との面接担当者の一言に、これでマシな方とは「ドライバーの皆さんは、朝から夜遅くまで走りに走っても、思ったほど給料をもらっていないんだな……」と初めて知りました。

他にもいろいろパソコンからエントリーできる会社に個人情報を入力し、送信しましたが、見事に一件も返信がありませんでした。

それでも私は辞めたことについては後悔はしていませんでした。とにかくもう限界だったのです。これは自分で蒔いた種、自分で刈り取るしかないのです。アホでもなんでもとにかく何かやらなければ……。

大概なら、ここらで「ああ、やっぱり辞めるべきじゃなかった」と後悔するかもしれませんが、私はそれは絶対思いませんでした。

もうこの際、どうせ死のうかと思っていた身、身体がボロボロになろうが働いてやるつもりです。

それに我が家はまだ購入して一年半です。もちろんそんな高い家ではありません。それまでのアパート住まいの家賃を払い続けるのと、更新料やガレージ代などを考えると、家を買ってローンを払った方が良いとの判断からでした。そんな状態なので家を手放すわけにはいかないのです。妻も子供もかわいそうですし、何とかこの牙城だけは守り抜かなければと考えています。

小学一年生になったばかりの子をいきなりボロアパートに引っ越しさせるなど、絶対に避けねばならないと思っています。

それに、買ってすぐに家を売り払い、出ていかなければならない妻のことを思うと、これも絶対に避けなければなりません。そういう噂は子供の親たちの間で一瞬に広まります。そんな時、妻はどんなに肩身の狭い思いをするでしょうか。

想像しただけでも恐ろしくなってきます。

ただ、この時点で、私の退職はもう決定になったことだけは事実なのです。

## 周りの反応

私が仕事を辞めるに当たって、周りの反応はどうだったか？

まず私の唯一無二の親友はこう言ってくれました。

「タムちゃんが決めたことやし、ワシがとやかく言うことやない。色々考え抜いて決めたことやし、楽しく働けるのが一番やし、それはそれで良かったんちゃう」

親友は私の性格やこれまでの経緯を良く分かってくれているので、こんな愚行を非難することなく受け入れてくれました。これには本当に感謝しています。

一方、妻の父、つまり私の義父に当たる方は、この知らせを聞いてから正直私への接し方が変わってしまいました。私の考えすぎかもしれませんが、少なくとも私はそう感じています。

仕事を辞めて、これから本当にやっていけるのか、ローンは大丈夫なのかなど、こんこんと訊かれました。私は別段次の当てがあったわけではなかったので、ひたすら謝るしかありませんでした。

もちろんやり手のサラリーマンのように、ヘッドハンティングでもされて、更に給料の高い会社への就職でも決まっているというのなら義父もそこまで不安に駆られなかったと思いますが、何せ私は、何のスキルも、これといった経験もないただのおっさんですから、次の当てなどありません。だから義父や義母は不安に感じられて当たり前なのです。大事な娘の旦那は安定した職業に就いて、そういう面では安心しておられたと思うのですが、私は突然それをぶち破ってしまったのですから、本当に申し訳ないと思っています。

義母から妻にメールで「お父さん（義父）が不安で寝られないいて言ってるよ」と言ってきました。私はそれを聞いて、「なんて罪深いことを俺はやっているんだ」と自分を責めました。

それからは、なんとなく、義父に会うのが気まずくなってしまいました。

私にできることは、一日も早く就職して、お二人を安心させてあげることだと思っています。

# 第二章　私はなぜうつ病になったのか

# 私がうつ病になったホントの理由

私は、今までにもうつ病に関する本を出版させていただいていますが、これまでうつ病になった真の原因については語っていませんでした。なぜなら、現職の時はあまり組織のことについて具体的に書けなかったからです。

でももう辞めた身ですから、この際洗いざらい本当のことを書きます。

まず初めに私が属していた組織について、説明させていただきます。

私が属していた組織というのは、都道府県の外郭団体で、主に中小企業者に対する色々な支援をしていました。分かりやすく言えば、都道府県の下請け会社のような組織です。

私は公務員ではありませんでしたが、都道府県から公務員が出向してきたり、OBがきたりといったことが日常的に行われ、それ以外にも民間企業からの出向組が来たりなど、様々な立場の人たちが混在している職場でした。

我々は下請けの立場ですし、府県の公務員のほうが、私とキャリアが同じくらいでも給料や職位は上でした。当然、私よりも若い公務員が私よりも上席に来るなんてこともあり得るわけです。私は立場をわきまえていたので、そのことに関しては別段不満はありませんでした。

彼らは、公務員試験にパスして公務員になっていますが、私はそのような試験にパスしたわけでもありませんし、そのことは特に気にしていませんでした。

私が本当に嫌だったのは、実はそんなことではないのです。

一言で言えば、自分の組織が税金を無駄遣いしていることに我慢が出来なくなってしまったのです。

組織の運営費用は、国民や府県民から頂戴した大切な税金です。その税金を毎日ひたすら自分では無用と思っている事業に費やしていたことに、私が耐えられなくなったのです。

私は二五歳でこの組織に就職しましたが、その当時は、まず「中小企業に対する資金融資」のようなことをやっていました。

最初の頃は視野も狭く、全体が見えていなかったため、「ああ、私たちは、中小企業のために良いことをやっている。いい仕事だ」と本当にそう思っていました。

当時は、市中金利も高く、我々の貸し出し金利の方が圧倒的に低かったので、余計に良いことをしているというように思っていました。

でも、今では市中金利がかなり下がっており、その制度のメリットもはっきり言ってほとんどないような状態になっていました。

ましてや、その財源が公金とあれば、余計に「もう要らないのでは」といった考えが頭から離れなくなってしまったのです。

その他、「企業同士（主に製造業）の受発注の斡旋」という事業もやっていました。これは、「仕事がなくて困っているからどこか紹介してほしい」という企業に仕事を出せそうなところを紹介する、あるいは、「こんな仕事をやってくれる企業はないか」という問い合わせに対して、出来そうな企業を紹介してあげるという事業内容でした。

これについても私は最初から必要性を感じませんでした。

今や、企業間の受発注など探そうと思えばインターネットでいくらでも探せますし、それをわざわざ税金を使って仕事をしている公的機関を使わなくても良いのではないかと思うのです。

それに、日本は資本主義国家ですから、市場に任すべきところは市場に任すべきと私は考えていました。だから、企業間の取引になぜわざわざ行政が首を突っ込まなければいけないのかが理解できませんでした。

どこから仕事をもらうか、どこに仕事を出すかはそれぞれの企業に任せるべきであって、行政が間に入ってとやかく言うことではないと思うのです。

そもそも仕事の発注量は無限にあるわけではありません。

例えば、ある発注案件をAという企業に紹介して商談が成立してしまうと、それ以外のBという企業やCという企業にはもうその話は行かないのです。

私は、果たして行政側である我々がそんな操作をしていいものかと、常に疑問に思っていました。それどころか、ある意味市場をかく乱しているようにさえ思えていました。

仮に同じことを、たとえば銀行などがやっている分には構わないと思うのです。銀行が融資している企業を少しでも助けるために、その企業にある企業の仕事を紹介してあげる――これはまだ市場原理に乗っ取ってやっている自然なことなので問題ないと思うのですが、それを公的機関が税金を使ってまでわざわざしなければならないこととは、私には到底思えなかったのです。

でも、周りの職員はそうは思っていませんでした。

「そんな深く考えんでも、支援した企業が喜んでくれたらそれでいいやん」

確かにそこだけを見ればそうかもしれませんが、「そのために、税金を使っている」という点が、私には常に引っかかっていたのです。

あるとき、私は中小企業の社長さんを連れて、ある大企業の門をたたきました。もちろん、その社長さんにその会社を紹介するためにです。

でもその大企業の購買担当者は、そのとき見事に私が常日頃から思っていることを代弁してくれたのです。

「まあ、頼まれたからしょうがなしに会ってあげているけど、正直言って○○さん（私が働いていた組織）の紹介でもって仕事をくれなんて言ってくるところなんか、初めから全然期待していませんよ。本当に自信がある企業なら、○○さんに手を引いてきてもらわなくても自分の力で来るでしょう」

一応は仕事ですので、その場は「はい、そうですね」とそのまま帰ったりはしませんでしたが、心の中では「まったくこの人の言っている通りだ」と思っていました。

その他にも、「設備投資をするなら何パーセントの補助金（返さなくても良いお金）を出しますよ」「販売促進につながる何かをすれば何パーセントか補助金を出しますよ」「農商工連携にもお金を出しますよ」「創業する人にもお金をいくらか出資しますよ」……など、様々な補助金が次々に府県から打ち出されてくるのです。

私はそのたびに、「こんなことにお金をばらまくのなら、元々その税金を徴収した人たちに返してあげる方がよっぽど世の中のためになる」と強く思っていました。

「なんて無駄な税金の使い方をしているのか」

そう、毎日毎時思っていたため、私の精神状態は普通ではいられなくなっていきました。

「じゃあ、もっと有効に使えるように考えれば良いじゃないか」と思われる方もいるかもしれませんが、我々の立場はあくまで下請けで、自分たちで何かを決めるということが許されていません。考えるのは府県の公務員であり、私たちはその実行部隊に過ぎないのです。

私は正直言って、こんな団体は世の中に要らないとさえ思っていました。「解散したって、誰も別に困らない。むしろ、そうした方が世の中のためになる」とすら思っていましたので、私は仕事にどうしても前向きになれませんでした。

それが苦痛で、毎日の仕事が辛くなり、うつ病になってしまったのです。

「自分がやっていることが良いこととは思えない」――これが私を苦しめる要因になっていました。自分のやっていることに意味や価値を見いだせないことが、非常に苦しかったのです。

一方で、私も生活が懸かっている一面もあり、直ぐには辞めるという決心がつきませんでした。

「どうせ辞めても勤めるところなんかもうない」

「じゃあ、このままここに居座るしかないのか」

といった堂々巡りばかりをしていました。

やがて、毎朝起きられなくなり、毎日の出勤が苦痛でたまらなくなっていきました。

もうこうなってはやはり辞めるしかない、私のような考えの人間は少なくとも
ここにいてはいけないと考えるようになり、私はそれを実行に移したのです。
したがって、私はけっしてこの団体が悪いというつもりはありません。ただ、
自分の考えとはまったく合わなかったということは事実です。

## うつ病発症

それまでにも、嫌だなあくらいには思ったことはありましたが、別段問題にな
るほどではなく毎日を過ごしていました。
当時、私は総務課に属していました。総務課なので嫌な事業には直接手を触れ
ることはなかったのですが、細かな経理処理や決算処理などの実務において、や
や能力的な壁を感じていました。数字が細かくなればなるほど、理解ができない

のです。

また、私たちの団体は、会計がいくつにも分かれており、その会計ごとに経理処理、決算処理をしなければならず、それらも私の頭を混乱させていました。

私は、「一組織の会計すらまともにできないヤツ」と感じていました。

私は、徐々にその頃からうつ的気分に苛まれるようになってきていたのですが、そんなあるとき、何かの数字が合わないことがありました。それはごく僅かな金額ではありましたが、もちろん合わないといけません。

私は、本当にその原因がどうしても解らずに悶々としていました。あまりにも合わない原因が解らないので上司に聞くと、あっさり説明して終わりだったため、結局理解できないままでいました。

そのうち、上司より遅々として進まない状況を指摘されるようになりました。それが原因で私の焦りは頂点に達し、朝起きるのが辛く、身体も重く、疲れが抜けないようになっていました。早朝覚醒も毎日のように続くようになり、私はそれまでに経験したことのないような重苦しくて仕方がない状態に陥ってしまったのです。

私はどうして良いか分からず、とにかく精神科の門をたたきました。

そこでは、問診票にいくつかの質問事項が書かれており、一つひとつ記入していき、別の白紙の紙には、自分の思う木の絵を書いてくださいとありました。

「なるほど、初診時はこんなものを書かせるんだ」

そう思いながら記入し、なんともあっさりした木の絵も書きました。元々、絵がヘタな上に丁寧に書く気もなかったので、本当にいい加減に書いた記憶があります。後で知ったのですが、これがいわゆるバウムテストという臨床心理学などで使われるその人の現在の心理状況などをはかるテストだったのです。

診察も終わり、先ほどのテストの結果も兼ね備えて判断すると「うつ病ですね」とあっさりと言われてしまいました。

「診断書書いておくから、しばらく会社休みなさい。期間は一応三か月にしておくから」

意外な展開になってしまいましたが、私は正直少しほっとしました。

「なんか知らんけど、これでしばらくは休める」

そう思ったからです。

疲れ切っていた私は、しばらくの間は寝倒しました。あれほど寝ても寝ても疲れが取れなかったのが、嘘のようにしばらく休むと消えていきました。「うーん、休養というのは、思ったよりも効果がある」というのが実感でした。

もし、読者の方で今、会社で行き詰っていてどうしようもないと思っておられる方は、会社側が許してくれるのなら休まれることをお勧めします。

休養は、一旦問題から距離を置いて冷静になれる効果があるからです。

このときは、まだ初めての休職でしたから、正直まだ心のゆとりみたいなものがありました。「ゆっくり休んでまた復職すればいいわ」くらいに考えていました。

しかし、不思議なことに、いくら休んで休養を取っても一向に暇だとはまったく思わないのです。もしかして、まだ少し休んだくらいでは、暇なんて感じない、つまり治らないのかなと思い、先生に色々相談を持ちかけていました。

そうこうしているうちに、三か月なんてアッという間に過ぎてしまい、どうしようかと先生に相談しましたが、先生は、「焦って復職するのは良くない。まだ無理でしょう。またもう三か月書いておくから引き続き休養を取るように」と言われました。

早速、その診断書を提出し、私は六か月の休職に入りました。

依然、何もしていないのに、一向に暇だとは感じませんでした。本当に毎日これといって何もしていないので、そろそろ暇を感じてもよさそうなものですが、この時期にきても、それがまったくなかったのです。

「やっぱり俺は普通じゃないなあ」と少し思ったりもしましたが、もう少し様子を見てみようと思っていました。

その時の心理としては、正直まだ職場に戻れる自信がなく、出来ればまだしばらくこうしていたいと思っていました。とにかく休職前は疲れて寝たいという気持ちが強かったため、最初の頃は本当によく寝ました。

うつの症状は改善されてきてはいましたが、依然、まだ職場に戻る自信はなかったので、更に三か月、つまり、九か月目の休職届けを出しました。

ここまでくると、「俺は本当に元に戻れるのだろうか」といった不安がよぎるようになってきていました。

そして、更にまた三か月と合計一二か月、つまり休職期間がついに一年間になってしまいました。

あれよ、あれよという間に私はついに一年間も仕事を休んでしまったのです。

「もう戻れるかな？　一年も経ったし、もう限界かな？」

そう思いましたが、依然何故か気持ちはまだノーを言ってくるのです。私は、大事に大事を取って、もう二か月だけ休ませてもらうことにして、復職することに決めました。

そして、一年と二か月が過ぎる少し前に主治医に復職可能といった診断書を書いてもらい、一度目の休職は終わりました。

あまりにも久しぶりに組織に戻ったものですから、何か新しい会社の新入社員にでもなったかのようでした。

その頃にはもう薬も飲んでおらず、本当に薬なしでも仕事に向かえるまでに快復していました。今から思えば、まだ皆が明るく迎えてくれたのはこの最初の復職の時だけでした。当たり前ですが、二回目以降は、もう明らかに皆の見る目が変わっていました。中には、「こいつ、よう何回も休んで、のこのこ出てきよるなあ」などと思っていた人もいると思います。

ちなみに、この休職期間中に劇的に変わったのが体重でした。元々五四キロだった体重がなんと二〇キロも太り、七四キロになってしまったのです。私はこの原因は今でも当時服用していたドグマチールという薬の副作用だと思っています(あくまで推測です)。とにかく異常な太り方をしましたから、通常の食べ方だけでそうなったとはとても思えなかったのです。

## 二度目の休職

そして私は、何とか無事復職をし、それから数年は普通に出勤をしていました。その時は部署も変わり、いわゆる融資の仕事を担当していました。しかし、相変わらず仕事には身が入りません。自分のやっていることにどうしても価値を見いだせなかったからです。

私は、また徐々におかしくなっていく自分に気づき始めていました。

そして、気が付けば、また心療内科の門をたたいていました。このときの心療内科は最初の時にかかっていた精神科医とは違うところでした。最初の時に行っていた精神科医はなんとなく好きになれず、もう行きたくないと思っていたので、二度目の時は違う医師のもとを訪ねました。

私は、そこにしばらく通うようになり、再び薬を服用するようになっていました。徐々に悪化していることを医師に告げると、医師は、あっさり「休職した方が良いんじゃない?」と言われました。

「でも先生、私はすでに一年二か月という長期の休職を経ています。もう休むなんて言えません」

「別に何回まで休んだらダメとかという決まりはないのでしょう?」

「確かに回数の決まりなんてありませんが、常識で考えてもう無理だと思います」

「もうあなたの場合、いくら薬を飲んでも無理ですよ。休養が必要です」

これ以上の休職は難しいと主張する私に対し、先生はあくまでも休職を勧めてくれました。そこで診断書を書いてもらい、職場に提出しました。これで私の休職は二回目となったのです。

正直このとき、私は「もうどうなってもいいわ」という半ば諦めの気持ちすら持っていました。二回も休職するなんて職場からなんと言われようともう反論する余地がまったくないことくらい知っていたからです。

辞めろと言われれば、素直にそれに従うつもりでいました。しかし、職場側は渋々この休職を受け入れてくれたのです。

このときは一〇か月休職し、職場に復帰しました。一度目よりは短い期間でしたが、結構な期間、またもや休んでしまったのです。

復帰後は、もうこれで最後の休職にしようと心では思っていました。

しかし、二度あることは三度あるではないですが、それから一年も過ぎないうちに三度目の休職をすることになってしまったのです。それはそうですよね。原因が職場自体にあるのですから。いくら休職をして、休養を取っても職場に戻ればまた同じことを繰り返す。それは当たり前だったのです。

ついに私は三回目の休職に入りました。ただ、なんとなく今回はあまり長引かない気がしていました。現に三か月が経過しようとしていた時には、「もう今回はこの三か月でいいわ」と思いましたし、もうこれでいくらなんでも最後だなと自分でもわかっていました。また、あまり長引かせてはいけないとも思っていたのも事実です。

三か月が終わろうとしていた時、私は上司に呼ばれ、こんこんと色々なことを言われました。三度目ともなるとさすがに職場の信頼もゼロです。本当は戻したくはないが、本人がどうしてもというのなら、もうこれで最後にして、戻すしかないといった感じでした。

普通の民間企業ならとっくにクビになっていてもおかしくはありませんが、やはりこの辺が公の組織の甘さと言えば甘さなのかもしれません。私は、家族の生活もあるため、本意ではありませんでしたが、この厚意に甘えるしかありませんでした。

私もいくらここが甘くとも、もうこれが最後だなという意識は持っていました。だから、戻った時は、何とかここで耐え忍んでいくしかないと自分に言い聞かせていました。

しかし、その意思もそう長くは持ちませんでした。やはり、どうしても自分の着手していることが許せなかったのです。苦痛は日増しに強くなる一方で、抗うつ薬や抗不安薬なんか飲んでもはっきり言って何の効果もありませんでした。

特に午前中が酷く、辛くて辛くて耐え難いものになっていきました。やがてお昼のお弁当も開けることすらできなくなっていきましたが、不思議と昼に何も食べなくてもお腹なんかまったく減りませんでした。とにかく食欲がまったくなく、食べなくても平気になっていました。せっかく妻が朝に作ってくれたお弁当を持っては行くのですが、どうしても食べることができなかったのです。妻には申し訳ないとは思っていましたが、どうしても食べることができませんでした。

妻は、それでも（弁当をまるまる残して帰っても）私が仕事に行っている限りは文句を言いませんでした。妻はとにかく、私が仕事を続けてくれさえしてくれればそれで良いと思っていたと思います。妻にとっては、自分が働かなくても生活には困らない、毎月安定した給料をもらってきてくれれば文句はないといった感じでしたが、私はもう限界でした。

そして、妻に相談というよりも半ば強引に説得して、辞表を提出することになったのです。

私は、どうしても「給料のためだけに働く」ということが出来ませんでした。大げさと思われるかもしれませんが、私は「このまま仕事に行き続ければ絶対に自殺する」と思っていましたし、実際にどこでどのように死のうかとまで常に考えていました。このまま出勤し続けるくらいならもう死んだ方がましだと毎日思うようになっていました。

私は、今死ぬことと、仕事を辞めることの二択しかないことを強く認識していましたので、私は最悪である死という選択は止めておこうと思い、もう仕事を辞めることにしたのです。

私は今でも辞めたことを後悔はしていません。傍から見れば、安定した職業を棒に振る愚行に見えるかもしれませんが、私はこれで良かったと思っています。なぜなら、一番大切な命が守れたのですから。収入は一〇〇%下がるでしょうが、仕事はまた見つければいいと自分に言い聞かせていました。

# 第三章　四〇代無職妻子持ちの就職活動

## 最初の就職活動

最初の辞表を提出した後、私は一度だけ就職活動をしています。しかし、その就職活動がきっかけで、結局辞表を撤回することになったわけですが……。

勢いに任せて辞表を提出したものの、次の当ては全くありません。

ただ唯一、以前から広告で見ていたジャンボタクシー（九人乗りのワンボックスカー）が気になっていました。妻にも急かされていたこともあり、「タクシーの運転手になろうかな」と、辞表を提出したその足でタクシー会社の本社へと足を運びました。

そのタクシー会社は、よく会社説明会を行っていたので、もしかしたらその日もある時間帯にやっているのではという淡い期待を持って会社訪問をしました。

しかし、やはり「今日はやっていませんが、次の土曜日なら体験コースという説明会みたいなものがありますよ。良かったらそれに参加されてはどうですか？」と言われました。

私は妻から急かされて少々焦っていたのと、「体験なんかしなくても大体分かるわ。そんな面倒くさいことよりも、具体的な話からもう始めたい」と思っていたので、一旦その会社を後にした後に、もう一度電話で「土曜日の体験などは要らないから、一回担当者に合わせていただけませんか」と依頼しました。すると「分かりました。じゃあ明日来てください」と言っていただいたので、私は翌日、また同じところへと出かけていきました。

そもそもなぜそのジャンボタクシーに目を付けたかと言いますと、単純に給与条件のところに月給三〇万円、賞与年二回ありとあったので、「それならまあそこそこの条件だし、普通のタクシーに乗るよりも稼げるのではないか」といった単純な発想からでした。

ジャンボタクシーは主に、空港までのシャトル便としてや、修学旅行生の貸切などに利用されるもので、いわゆる一般のタクシーとは一線を画していたところに多分ひかれたのでしょう。

タクシーの求人広告には「月給ウン万円から数十万円」とか書いてあるものもありますが、私はその実情を知っていました。というのも、私はタクシーに乗った時は必ずと言っていいほど「決して興味本位で給料を聞くつもりはない。ただ自分もタクシーに興味があるから、差支えなければ給与などを教えてほしい」といった質問を運転手にしていたからです。

すると、皆さん口をそろえてこう言います。

「アカン、まったく稼げへん。規制緩和以降台数も増え、より一層客の奪い合いが激しくなり、全然水揚げが上がらん。そこへきてこの不況で乗ってくれるお客さんも滅茶苦茶減った」

「ウン万円から数十万円ねえ、まあ確かにおることはおるけど、そんなん一万人に一人おるかどうかってとこやなあ。よっぽど、どこかのお偉いさんのおかかえ運転手とかそんなほんの一握りの人だけや。私らアンタ、月手取り一〇万円ほどやで。私らみたいにもう高齢になって年金ももらっているから何とかやっていけてるけど、若い、ましてや妻子持ちなんかにできる仕事やないで」

「夜中走り回って、身体壊してもそんな金額稼げるもんやない」

「何であんな毎週新聞広告に求人出しとると思う？　皆食べていけへんから辞めていきよるからやないか」

このような悲観的な声しか聞こえてきませんでした。そのような収入ではとても生活していけないと思っていたので、タクシードライバーになることについては躊躇していました。しかし、「ジャンボなら違うのでは」という理由で気になったのです。


面談してくれたのは、どう見ても私よりも若い社員さんでした。でも私よりはるかにしっかりしていました。

私が、「給料三〇万円と書いてあるのは本当ですか？」と訊くと、「本当です。ただし、ジャンボにいきなり乗れるわけではなく、一旦とりあえず普通のタクシーに乗ってもらいます。それで、適正等色々見たうえで、ジャンボへ行きたい人は行ける可能性があります」という返答でした。

「そうか、やはり、まずは一般車両に乗らないといけないのか……」また、「ジャンボに行けるまでの期間が長ければ長いほど、先ほど言っていたような金額しか稼げないのか……」とも思っていました。

そこへ、たたみかけるように、その人は、「ジャンボでも確かに三〇万円は出します。しかし、年収はそれの一二か月分、つまり三〇万円掛ける一二の三六〇万円ですよ」とのこと。私は、「え、賞与はないのですか？」と訊くと、「一年目はそんなものありません。それに研修期間は三〇万円も出ませんし、一年目の年収はもっと低いでしょうね」

「二年目以降もはっきり言って賞与はそんなに出ないですよ。むしろ稼ぎたいというのなら、夜間のタクシーに乗った方がまだ稼げる可能性があります。今うちで最高に稼いでいる人で年収七〇〇万円の方がいます。ただしそんなのは社内でも一人いるかいないかの話ですけどね。いずれにしても、今もらっておられる年収を稼ぐのはちょっと難しいというか不可能な数字だと思います」

とまあ、早い話が、「悪いことは言わん、今のところをまだ辞めていないのなら、居残られた方が無難だと思いますよ」みたいなニュアンスで言われました。年下の兄ちゃんに諭されるように。何か情けないような気分になりました。

でもその担当者の話を聞き、正直「なるほどおっしゃる通り」とも思いました。この人の言っていることは決して間違っていない。もう一度考え直した方がいいかもと思い始め、結局、辞表を一度撤回することになったのです。

## トラック運転手

一度辞表を撤回したものの、やはり続けることができなかった私は、三ヶ月の猶予をもらったものの結局退職します。

退職はしたものの再就職の当てはないので、私は就職活動をしなければならなくなりました。もうすぐ四四歳になろうかという何のスキルもないおっさんがです。

これははっきり言って無謀とも思えるチャレンジですが、私はこのことを覚悟の上で仕事を辞めたのだから、つべこべ言わずにちゃっちゃと次を見つけなければと思っていました。

ここで、改めて自己分析してみたのですが、自分には本当に何もないことを実感しました。特別な経験があるわけでもないし、転々と会社を渡り歩けるほどの技能もありません。私は、単純な発想から、もう身体を張るしかないなと思っていました。

まず、思いついたのは、トラック運転手でした。仕事もきつそうだし、ある程度は稼げるだろうと甘いことを考えていたのです。

しかし、私は普通免許しか持っていないため、大型や中型のトラックは乗れません（これは後に中型も八トンまでならいけることが判明しました）。もちろん今から免許を取得しに行けばいいのですが、それも結構お金がかかるうえ、取ったからといって必ず雇ってくれるところがあるかどうかも分かりません。そこで、普通免許でも乗れる比較的小さなトラックならいけると踏んで、あるスーパーの宅配の求人に目を付けました。

忙しくてなかなか買い物に行く時間がない、あるいは、お年をめしておられて自分で買い物に行きにくい方などのために、あらかじめ注文を受けている商品を各家庭に届けるお仕事です。

早速電話を入れましたところ、担当者は「正直、かなり身体がきつい仕事ですよ。大丈夫ですか？」と言われたので、一応大丈夫ですと答え、面接までこぎつけました。私は、少々身体がきつくともやってやろうじゃないかと、何故か一人意気込んでいました。

指定の日時に面接に行きますと、そこでも「ホンマにきついですよ」とのこと。それから、この仕事はただ単にモノを運ぶ仕事ではなく、営業をしてこなければいけない。例えば、この週なら一押し商品を押して、出来るだけ多く次回の注文を取ってくるとか、商品以外の取り扱い品としてやっている保険関係の契約を勧めるなど、かなり営業色の濃い仕事内容でした。

給料は、その営業成績によって左右されるとのことでした。それを物語るかのように、壁にはそれぞれドライバーの営業成績が一目でわかる棒グラフが掲げてありました。正直、私はそのようなものが大嫌いなのです。それを見て少し気持ちが冷めていくのが分かりました。

おまけに、なんと給料は時給だというのです。それもけっして良いとは言い難い金額でした。担当者が、私に「失礼ですけど、今のお仕事どれくらいもらったはるんですか?」と訊いてきたので、大体いくらですと答えると、「えー、それは正直かなり下がりますよ。なぜまたそんなところ辞められるんですか? 私なんかできればそういうところに移れるものなら移りたいですよ。もし良かったらなぜ辞められるのか教えてもらえません?」と言われ、まあ言える範囲内で答えておきました。

そうなんです。他人は、常にその仕事の条件面ですぐに判断しようとするのです。確かに私の給料はそんなに多くはないですけど、決して滅茶苦茶少ないということもありませんでしたし、事務職なので、傍から見ればいわゆる良い仕事と見えるのでしょう。

私は、面接に行く前は「もうここで決まれば、ここにしよう」と安易に考えていましたが、いざ行ってみると、やはりここは無理かもと思うようになっていました。

引っかかったのは、やはり、お客さんにあれもこれもと勧めなければいけないところでした。身体がきついのは初めから覚悟していましたので別に何とも思いませんでしたが、私は人に「これ買って」と勧めることが大の苦手なので、そこが躊躇してしまう大きな要因でした。

「うーん、この仕事、俺には無理やなあ」

意気揚々と出かけて行っただけに、正直非常にショックでしたが、また出直すしかないと思い帰路につきました。

ちなみにここは、後日不採用の通知が来ました。まあ、こちらもやる気にはなっていなかったので、別段ショックは受けませんでしたが、それにしても不採用かと少しだけいやーな思いはしました。とまあ、退職後初の就活は見事に終了しました。

## 妻の就職活動

ここへきて、妻も危機感を感じたのか、バイトを探すと言い出しました。しかし、子供のこともあり、あまりびっしりとは働けないので、まず妻が目を付けたのが内職でした。お守りを作る内職なのですが、一個作って四〇円ほど。それだけ聞くと結構内職の単価として良いように思うのですが、実際はそうでもなかったみたいです。

すでに私は、もう仕事には行っていなかったので、内職体験現場までは私が車で送っていきました。約二時間かかるというので私は一旦家に帰り、また二時間後に迎えに行きました。

しばらくすると、何人かが箱を抱えてそこから出てくるのが見えました。「ああ、あの箱の中に例のお守りのキットが入っているんだなあ」と私は思いながらその様子を見ていました。

妻から、最初は試験的に二〇体を持って帰ると聞いていたので、「なるほど、あの中身がお守り二〇体なのだなあ」と思い、妻が出てくるのを待っていると、なんと私の妻は見事に手ぶらで帰ってきたのです。

私は、一瞬にして事の真相を察知しました。妻だけ手ぶらというところから、私は「きっと何かが気に入らなかったのだろう」と、その様子を見た瞬間おかしくて、笑えてきました。

「どうやったん?」と私が訊くと、妻が「あんなちんたらしたもん、私にはできひんわ」というので、「二時間で大体何体くらいできたん?」と訊くと、妻が「一体や」と平然と答えたので、私はびっくりしました。「えー、二時間もかけてたった一個しかできひんかったん？」と言うと、「そうやで、めっちゃ面倒くさくてあんなもん何十個も何百個も絶対できひんわ。他の人は皆持って帰らはったけど、私だけもう結構です言うて帰ってきたわ」と言うのです。

私は再び笑えてきて、妻らしいなあと思いました。妻は、何が何でも稼ごうとするタイプではないことを知っていたからです。

それにしても、いくら教えてもらいながらとはいえ、二時間もかけてたった一体しか製作できないなんて、どんな複雑なお守りやねんと私は不思議で仕方ありませんでした。

後で聞くところによると、通常の一般的なお守りよりも少し複雑な製作工程が必要で、何やら、お伊勢さんのお守りだったということでした。

まあ、本人である妻が、やりたくないと言っているのに、「何でやらんかったんや」などとは言う気は毛頭なく、私はとにかく一人だけ持って帰ってこなかったことをひたすら笑っていました。

その後、妻は近所のホームセンターのバイトの面接に行きました。そこで、先方に、「重いものも結構持ってもらわないといけないけど、出来ますか？」と言われ、妻は、またもや、すごすごと「無理かも……」と言って、帰ってきたそうです。

貧乏育ちの私から見れば、妻はお嬢様育ちです。はっきり言って力仕事なんかできるはずがありません。この件についても、私は一人で納得していました。

次は近所のレストランです。ここは時給はものすごく良いのですが、マスターの評判があまり良くなく、アルバイトが入ってもすぐに辞めるのではないかと噂されていたところです。

しかし、妻は時給の良さと、近いという条件のもと、意を決して面接に行きましたが、この時間までしか働けないですと言うと、「じゃあ、無理だね」とあっさりと断られたそうです。

あまり評判のよくないところでしたので、まあこれで良かったのかと私は思っていました。

何時から何時までと書いてある時間帯にきっちり入れる人しか採らない姿勢のようです。あれからもう何日も経っていますが、未だに募集の張り紙が貼ってあります。


その後、妻は、インターネットで調べた「がまぐち」の内職の会社に電話をしました。これも比較的家から近くのところだったのですが、その時に電話に出た担当者に「では、こちらからまた面接日などについて後日電話しますね」と言われたそうですが、それっきり電話はかかってこなかったそうです。

なぜなのかは分かりませんが、とにかく電話がなかったし、妻もそれに対して、「何で電話してこないの?」とは思ったものの、こちらから再度電話をする気もないとのことでしたので、この件についてもボツになってしまいました。

今度は、皆さんよくご存じのマクドナルドです。これまた、家の近所に一件店舗があり、妻はそこの面接に行きました。ここでは、時間はかなり自由になるみたいで、逆にがっちりシフト入って、がっちり稼ぎたいのならお断りしますと店長に言われたそうです。要は、バイトやパートをたくさん常時抱えておいて、細切れのようにシフトを組んでいるのでしょう。

ですので、妻の意向とは合っていたようで「店長も良い感じだったよ」と言って妻は帰ってきました。「また、採用不採用の通知は二、三日以内にする」とのことだったのですが、私もファーストフードのバイトの経験があるのですが、まあ落とされることはないだろうと思っていました。先ほども言いましたように、こういうところは、ある程度、余るくらいにバイトやパートを抱えておきたいという状況であることを知っていたからです。

ですので、何か余程面接の印象が悪いとかでない限りは採るだろうと私は思っていました。

ところが、いざ、返事が来ようかという段階になって、妻が「何か、マクドも急に嫌になってきた、向こうから断ってきてくれへんかな」と言い出しました。

私は、なんとなく妻の言動に納得していました。いざ、やるとなったら、なんでもそうですが、嫌な面が頭に思いつくものです。でも「残念ながら採用で返事来ると思うで」と私が言うと妻は「うそ、そら困るなあ。どっちかというと断るより断られた方が良いんやけどなあ」と言っていました。

それはそうでしょう。店長に時間を割いてもらって、わざわざやらせてくださいと言って面接をしてもらったのだから、こちらからは断りにくいはずです。でも妻は、「どうしよう？」と聞いてきたので、「素直にやりたくないと思っているのなら、別に断っても良いんちゃう？　そんなことは向こう側も日常的にあることやし、別に気にせんで良いやろ？」と言いましたところ、妻は「じゃあ、やっぱり止めとくわ」と言いました。

それからしばらくして、マクドの店長から電話があり、やはり思った通り採用とのことでしたが、妻は、「申し訳ございませんが、やっぱり止めときます」と断っていました。その後も妻は「ああ、断ってしもた。せっかく採用やて言われたのに……。ホンマに断って良かったんやろか？　もうこれでバイト見つからへんのとちゃうやろか」と自問自答し始めたので、「断って良かったんやて。だって、本音がやりたくないと思ったから断ったんやろ？　それが一番素直な気持ちなんやて。せやし、逆にじゃあ行きますて答えてたら、今頃ああ止めとけば良かったたって思ってるで、きっと」と私が言うと、妻は、「そうかな？　ああ、何で断ったんやろ？」と結構しつこく言っていました。

それ以来、妻の就活は一旦停止している状態です。

## ハローワークへ

私たちは、一度一緒にハローワークでも行ってみようかということになり、二人して電車に乗ってハローワークへと向かいました。

私は一応まだ辞めてはいませんが、もう辞めるということで、ジョブカードなるものを作成してもらいました。まあ、簡単に言えばハローワークへの登録みたいなものです。それをしたから何か仕事を紹介してもらえるとかいうようなものではありません。あくまでも個人情報を登録しておき、いざ「ここを紹介して欲しい」となったら、ハローワーク側が個人の情報をいち早く取り出せるためのものです。

私は、あまり意味はないかなとは思いましたが、「せっかく電車に揺られて来たのだから、これくらいは作っておいてもいいか」と、作成の手続きをしました。

その間、妻は、パソコンの端末機を使って、パート、アルバイトの就職口がないか検索していましたが、すぐに戻ってきて、私に「何もないわ。すぐ見終わったわ」と言って帰ってきました。

その後、ジョブカードを作成し終わった私もその端末機を見ましたが、これといってありませんでした。

ただ、給料面からみて、二つ候補が上がりました。それも決して「やりたい」と思ったわけではなく、ただ単に、今後の家計のことを計算して、これなら生計が成り立つと判断したというだけのことでしたが。

一つは、家からそう遠くない洋食レストランでした。そこは、値段も結構高めなのですが、相当の繁盛店で、休日は待たなければ食べられないほどの人気店です。私も何度か行きましたが、本当に美味しくて感じの良いお店なのです。

しかし、正直「客として行くには大変いいところだが、従業員として働くにはちょっと……」と思っていました。

私は、ファーストフード店や焼き肉店などのバイトの経験は豊富ですが、本格的なホールのあるレストランでの正社員での経験はありません。ましてや求人条件には「店長候補」とあったので、「これは結構高いレベルを最初から要求されるなあ」と思いました。早い話、自信がなかったのです。

もう一つは、トラックの運転手でした。これは夜中の勤務なのですが、まああ給料もいただけそうなのでこれも候補に挙げておこうと考えました。

私はその二件に候補を絞り、再び窓口へと足を運びました。

まず、レストランの方ですが、窓口の人に散々レストランでの経験を聞かれました。窓口の人は立場上、企業と求職者の仲介役ですから、聞かれるのも無理ありません。まったく合致しないような人を企業に紹介するわけにはいきませんから。

私は先ほども言いましたように、向こうが要求する経験ははっきり言ってありませんでしたが、数々のバイト経験などを必死に懇願しましたところ、担当者はやや渋い顔をして、「多分ちょっと難しいかもしれませんが一度、先方と連絡を取ってみましょうか？」と言ってくれたので、とにかくダメ元でお願いしますと言いました。

数時間後、私の携帯にハローワークから連絡があり、「やはり、今回募集しているのはあくまで短期間で店長をお任せできるくらいの経験が必要とのことでしたので、この求人で面接をすることは出来ません。ただし、普通の正社員からということでしたら、面接をしても良いとの回答を得ていますがどうされますか？」という内容でした。

私は、「普通の社員というと先に書かれていた給料よりはだいぶ下がりますよね。それならこの話はもう結構ですわ」と言って断りました。

あくまでも魅力を感じていたのは給料だったので、そんなに無理してまでそこで働こうとは思わなかったのです。

では、なぜ、ここまで嫌らしく給料にこだわるのかと言いますと、固定的に絶対必要な住宅ローンがあるからです。転職をしたことによって家族の住処を変更（売却）しなければならない事態だけは、世帯主としてどうしても避けたいという強い思いがあったのです。

その最初の店長候補の給料なら何とかギリギリ払っていけるかなって感じでしたが、それを大きく下回るとなると断らざるを得ませんでした。確かに普通の正社員から入ってもいずれ店長になれば良いっていう考え方もありますが、私には時間的にそんな余裕がなかったのです。

もう一方のトラックのドライバーの方ですが、これは、ハローワークの担当者が、「ここは、今すぐ人を欲しがっておられますから、田村さんのようにまだ現職で先の就職を探しておられる方は多分受付けられないと思います。それにここは正直ちょくちょく求人が出ますからまたチェックしておいていただいたら、載っているかもしれませんよ」と言われ「はあ、そうですか」と言って帰ってきました。

結局一回目のハローワークではこれといった収穫はなく、二人で帰路につきました。

でも、後で分かったことなのですが、ハローワークの端末で見られる求人情報は家庭のパソコンでも同じものが見られるのです。つまり、求人情報をわざわざハローワークまで見に行かなくても、自宅でパソコンなどがあれば見られるというわけです。

それ以来、毎日のように自宅のパソコンで求人情報を見るようになりました。

## マッサージ屋

私は、肩こりや背中の痛みが酷くて、よくマッサージ屋に通っていましたので、色々なマッサージ屋を知っています。ちなみに仕事に行かなくなってからはコリというものをまったく感じなくなったので、一切行かなくなりました。

そんな中、マッサージを受けながらいつも、「こんな気持ちの良いことをしてくれる仕事って素晴らしいなあ」と感じていました。しかし、マッサージの仕事をするには、一般的にマッサージ師や柔道整復師などの資格が必要と思っていたのですが、最近では結構そんな資格なしでできるマッサージ屋が増えてきているのです。

私も何度かそのようなマッサージ屋に行ったことがあるのですが、特に資格がないから物足りないとか思ったことがなかったので、一度、その類のマッサージを行っている会社のホームページを見てみると、なんと人材を募集しているではないですか。

確かにそこには、「資格不要」「未経験者歓迎」「親切丁寧に指導します」などと書かれています。そのような資格を持っていない私にとっては心惹かれる言葉でした。

ただ、ひっかかったのは、社員ではなく、「委託契約、完全出来高制」と調べた二件とも同じことが書かれていたことでした。

出来高制というのはまあ良いとしても、委託契約というのがなんとも胡散臭い感じがしてなりませんでした。正直この年で、社会保険も労働保険もないところに勤めるというのが不安でした。

おそらく、そこの場所を借りた、個人事業主みたいな感じなのでしょう。ちなみに最低保証として時給九〇〇円か八〇〇円と書かれていました。つまり、マッサージするお客さんがいない時間帯はその時間給しかもらえないということです。ひっきりなしにお客さんが来てくれれば特に問題はないと思いますが、多分お客さんが切れるときもあるでしょう。

月給三〇万円以上も可とも書かれていましたが、それはあくまでも「うまくいけば最高でそれくらいは可能ですよ」という意味で、平均すればおそらくそんなには稼げないだろうというのが私の直感でした。しかし、一応ホームページの求人エントリーからデータ入力し、送信だけはしておきました。

しかしながら、その後先方から何の連絡もなかったので、年齢で切られたのかなんなのか分かりませんが、まあ連絡がなければ、特段こちらからまた電話してまでアプローチしようとは思いませんでしたので、この件はもうこれで終わりにしました。


また、別の機会にハローワークのホームページを見ていると、先ほどの資格要らずのマッサージ屋ではなく、ちゃんと保険の効くマッサージ屋の求人が出ていました。もちろん、そこはマッサージ師の資格が必要なのですが、なんと、仕事をしながらマッサージ師の学校に通わせてくれるという条件になっていました。

すぐに飛びついた私は、詳しい話を聞きにハローワークへ行きました。ちなみに企業の詳細情報は自宅のパソコンでは見られません。ハローワークまで行かなければ教えてもらえないのです。

私は、とにかく資格が必要なら取るつもりでしたし、ましてや働かせてもらいながら学校へ行けるなら、一石二鳥です。ただ、どれくらいの期間学校へ行かなければいけないのか、またその間の給料はいくらくらいになるのかなどは確認しようと思いました。

私の中ではもちろん学校へ行っている間は給料は安い、しかしその期間が一年ぐらいなら、現在の貯蓄を取り崩して何とか乗り切れるという目算がありました。ハローワークの担当者にその求人を伝えると、早速先方企業に連絡を取ってくれました。しかしながら、返ってきた返答は予想外なものでした。

なんと三年間も学校に通わなければならないというのです。もちろんその間は資格もないのですから、きわめて低賃金で働くことになります。さすがに三年間は持ち堪えられません。

「えー、三年もですか？」

私は思わず担当者に言ってしまいました。そして、

「それならもう結構です。無理ですわ」

そう言って、またそそくさとハローワークから帰ってきました。少し期待して

いただけにショックでしたが、まさかマッサージ師になるのに三年も学校に通わなければならないとは意外でした。

マッサージ師の資格を取れば、それなりにちゃんとした仕事に就けるかなといった淡い期待は一瞬にして消え去ってしまいました。

しかし、世の中にたくさんあるマッサージ屋の中でも、無資格で施術を行っているところとそうでないところがあるのがなんとも不思議な感じがしましたが、まあ資格のないところは保険などが効かないなどのデメリットなどがあるのでしょう。

四〇代半ばの所帯持ち、ローン持ちのおっさんが今更三年間も悠長に学校なんか通ってられません。諦めざるを得ませんでした。

## コンビニオーナー

私の再就職活動は、なかなかうまくいきません。予想通りと言えば予想通りなのですが、四〇代半ばの特に何も持っていない普通以下のおっさんが、いきなり再就職なんて簡単にできるはずがありません。

ましてや私の場合、家のローンなどを考慮した収入を得なければいけないので、とりあえず働ければなんでもいいというわけにはいかなかったのです。

にもかかわらず、私は転職してそれに見合った給料をいただけるようなスキルを持ち合わせていませんでした。そこが原因でなかなかうまくいかなかったのです。今や新卒でさえ就職率が非常に低い時代なのに、中年まっただ中のただのおっさんが就職なんかできるわけがないのです。一部の企業を除いて、今は全体的に人余り状態な労働市場ですからやむを得ません。

まあ、私に限らず、今は余程の経歴やスキル、会社に明らかな利益をもたらす何かを持っていなければ、再就職なんて難しいでしょう。私の場合は、もう自殺寸前まで追い込まれていましたのでやむなく辞めましたが、そうでなければ転職など、はっきり言ってお勧めしません。

私は、いくつかの就活をし、「これだけ雇ってもらえないなら、いっそのこと雇う側に立とうかな」とさえ思うようになってきました。

一から何かを始めるとなると莫大な費用が掛かりますが、コンビニのオーナーならあまり大きな初期費用も要らないし、お金の面では何とかなりそうなので、一度説明会に行ってみようと思いました。

早速コンビニチェーンを三社くらいに絞り、それぞれのホームページを調べたところ、どこも説明会は平日の夜だったり土日ばかりでした。私は、こういうことは一人で勝手に進めるよりも妻にも同席して欲しかったのですが、妻は「子供が学校に行っている平日の午後までしか行けないよ」とのことでした。

そこでよくよくホームページを見ると、「説明会に来られない人は個別に自宅訪問して説明会を開きます」と、どこの会社も書いてあるではありませんか。私は早速、各社に電話をしました。

まずはA社、しかし、なんとも愛想の悪い女性が電話に出られ、ぶっきらぼうに、「ではまた担当の者から、いつ説明会に伺うか二、三日後に電話させます」といって電話を切られました。

私はその愛想の悪さに不快感を覚えたとともに、なぜ日時を決めるのに二、三日もかかるのか不思議で仕方ありませんでした。

すると、なんと驚くことに、それ以来一切電話も何もかかって来なかったのです。A社の社内体制はいったいどうなっているのかと首をかしげてしまいました。

次はB社です。こちらは電話対応も良く、直ぐにその場で「では、お伺いします。いついつはどうですか？」と聞かれたので、「それでお願いします」と答えました。

また、立て続けにC社にも電話しましたところ、こちらも愛想良く、いついつにお伺いしますとの即答でした。A社とは大違いです。A社もたまたま出た受付の方が悪かっただけで決して会社全体が悪いわけではないとは思いますが、やはり、一番に電話で客と接する場にそんな人物を置いていては企業イメージのマイナスになると思いました。

そんなこんなで、まずはB社の説明会を家でやっていただくことになりました。

当日、何やらやけに自信満々の中年男性が現れ、いきなりプロジェクターを取り出すと、家の壁面に映し出し、とにかく自社がいかに他社を抜きん出ているかをこんこんと説明されました。その過程で、様々な厳しい質問を投げかけてくるのです。

「この原因はなんだと思いますか？」「この表の中で数十年前までトップを走っていたのはどの企業だと思いますか？」など、まるでもう私たちの力量を試しているかのような印象を受けました。

私が分からない質問だったので、正直に「分かりません」というとその男性は、「ああ、あきらめが早いね。経営者には向いてないなあ」などといった嫌味を言っていました。

基本姿勢としては、「我々には勝つ自信が絶対にある。オーナーやりたければやらせてやる」といった感じでした。間違っても「一緒に頑張ってやりましょう」

といった雰囲気ではありませんでした。確かに勧誘じみたことをしてしまうと、後でもし失敗した時に問題になりますからね。

また、妻にその男性は、「ところで奥さんはこのご主人の考えに賛成なの?」て訊かれると、妻は迷わず「反対です。私は正直言ってやる気なんかまったくないです」と少し怒ったような口調で言いました。それに男性は、「ああそう、ほなアカンね。この事業はどちらかと言うと奥さんの方が重要な存在になってくるキーマンなので、奥さんが反対している以上、やらすわけにはいかないね」と言いました。

そうなのです。妻は一応話を聞くくらいは良いと事前に言っていたのですが、実は「何で私がコンビニなんかで働かなアカンの? 絶対嫌やし」と言っていたのです。にもかかわらず、まあ一応話だけでも聞いてほしかったので同席してもらったところにそんな横柄な男性が来たものですから、妻は半分切れていたのでしょう。

それにしても横柄な態度でしたので、もう私も妻も途中で帰ってくれと腹の中では思っていました。しかし、結局二時間半もその男性は居座りました。

妻は「何で私がキーマンになって、バイトの子たちの面倒まで見なアカンの？そんなん絶対嫌。悪いけどコンビニ経営は諦めて、なんか自分一人で稼げる仕事探して」と言い切っていますし、私もその男性、ひいては本部のなんとも言えない横柄な感じに嫌悪感を感じたのでコンビニ経営は諦めることにしました。

翌日、C社の説明会だったのですが、どうせ聞いてもコンビニ経営は無理なのはもう分かったので、説明会キャンセルの連絡を入れておきました。

コンビニ経営も最近では結構厳しく、廃業を余儀なくされて店をたたんでしまう経営者もたくさんいます。いくら大手コンビニチェーンとはいえリスクがないわけではありません。

それに、私と妻が二四時間営業の店に付きっ切りになるとまだ小学生の子供にも悪いなあという考えもありました。

確かに、うまく経営が回れば、普通のサラリーマンをしているよりは少しくらい多く稼げる可能性もあります。しかし、そのために家族を犠牲にする決心は私にはつきませんでした。まあ、いずれにせよ妻の猛反発を食らっていたので、どちらにせよコンビニ経営はできませんでしたが。

ちなみにB社では、必ずしも奥さんが経営に参画することが必須条件ではありませんでした。親兄弟まではＯＫということでしたが、理想はやはり夫婦でやることらしいです。一番失敗例が多いのが、息子さんとそのお母さんが一緒になって経営していくパターンだそうです。これはやはり息子はどうしてもいくつになっても母親には甘えてしまう傾向があるからだと男性は言っていました。他のコンビニチェーンでもほぼ同じような感じだと思いますが、Ｄ社だけは本人のみで経営が可能だということをうたい文句にしています。

こうしてフランチャイズとはいえ、経営者の道も絶たれてしまいました。また、自分で稼げる何かを探さなければなりません。

その後、生命保険会社の代理店募集の案内を見たときは、「おお、これなら、妻の参画も必要なさそうだし、自分一人でできるかも」と思い、これも説明会参加の申し込みをしました。

ところが、その直後に同社の顧客情報流出が発覚したため、あわてて説明会のキャンセルをしました。まあ、元々保険を人に売る商売なんて自分には向いていないような気がしていたので、これについてはあまりなんとも思いませんでした。

## タクシードライバー

さあ、いよいよ私の就活も行き詰まってきました。思うような給料で雇ってくれるところはない、フランチャイズの経営も無理、ましてや、自分で起業して独立するなんかもっと無理……どうしようと思っていた時に目に飛び込んできたのがタクシードライバーの募集でした。

皆さんもご存じのとおり、はっきり言ってタクシードライバーはいつでもどこでも募集していますし、給料もあまり良くないイメージがあります。実情もある程度は知っています。

しかし、固定給ではないため、甘い考えなのは重々承知しているのですが、何かまだ稼げるかもしれない可能性を少しだけ感じたのです。具体的な給与体系は申し上げられませんが、これだけの水揚げを上げればこれだけもらえるんだといった内容が明確でした。ただ、問題はその思っている水揚げが上げられるかどうかですが、何せ家から近かったことと、タクシーと言えばある意味個人事業主みたいなもので、一旦出庫すると一人っきり（お客さんは別として）になれます。私は元々誰かとチームを組んで同じ目標に向かって努力するということが大の苦手な人間です。つまり組織人には向いていないのです。ですからそういった意味でも魅力を感じたのは確かです。

そこで、早速タクシー会社の面接に行き、あっさりと入れていただけることが決まりました。「まあ、正社員だし、社会保険なども完備されているし、とりあえずやってみてアカンかったらまた考えればいいわ」と自分に言い聞かせました。

とにかく私は、無職になって、雇用保険をもらって生活するのは絶対に避けたかったのです。それをすると結局ずるずるとなかなか就職先が見つからず、無職の状態が長引くと考えたからです。

また、子供が学校へ行くときも帰ってきたときも親父が家にいるなんて、私は恥ずかしいと思っていました。なので、もうこのタクシー会社に決めてしまったのです。


そんなわけで、入社をするのは、思いの外簡単だったのですが、そのあとの二種免許取得が意外にハードでした。触れ込みは、「七日間で教習所終了。教習代も当社が負担します」ということだったので、「よしよし、まあ二種免許といってもこっちは長年運転してきているし、一種の時ほどは苦労なく取れるだろう」と安易に考えていました。

ちなみに教習費用会社負担の話ですが、やはり裏があり、「最低二年間は辞めないでください。もし、二年以内に辞めるとその教習代金を全額払っていただく（自己負担）ことになります」とのことでした。これを聞いて私は「ああ、ちょうどいいわ。二年という一応の区切りがついた。もしやってみてどうしようもなければ、二年間我慢して辞めればいいんや」と開き直れたのです。

七日間で教習所が卒業できるとは一見すると魅力的な感じがしますが、結論から言うと、私はもう少し期間が長くても良いから、あんなに詰め込まないでほしいというのが本音でした。

月曜日に入所すると、初日から毎日朝から夜までみっちり学科と技能（実際に車を運転する方）の教習が入っていました。前もって、七日間の予定表をもらっていたのですが、予定表に書いてあった早く終わる日や空き時間などが、実際にはまったくありませんでした。

ちなみに二日目の火曜日は、最後の授業が一時間早かったので、この時間なら何とか子供とも一緒に夕食が食べられると楽しみにしていて、妻にも今日は早く帰れるからといって出かけました。しかし、行ってみて初めてその日のスケジュールが渡されて驚きました。確かに一時間早く授業は終わるのですが、「授業後、部屋を設けていますから、学科の勉強を自習してください」とあるのです。

　私は、家族に今日は早く帰れると言っている手前、思わず「これ自習ていうことは、別に家に帰ってしてもいいんですか？」と訊きました。すると教官は、「え？何かあるのですか？　特になければ自習してください」と結構強い口調で言われたので、仕方なく妻に電話しました。

「ごめん、今日も遅いわ。晩御飯一緒に食べれへんわ」

「何で？　言ってたことと違うやん」

「しょうがない。そういうシステムになっとるみたいやわ」

　こうして、結局夜遅くまで自習室で勉強することになったのです。

「これはやばいなあ。事前スケジュールでは木曜日も早く上がれる予定になっているけど、これも無理かもしれんなあ」

何せ朝から晩までほとんど休憩もなく、学科の勉強をしたり車に乗ったりの繰り返しで、早くも水曜日あたりから疲れてきました。

私は運転には自信があったのですが、要求されるレベルは、結構難易度の高いものでした。普通にS字カーブやクランクを通るには何の問題もないのですが、鋭角といって極めて鋭角なカーブを切り替えし何回までで通れとか普段の運転ではまずやらないような課題が結構出てくるのです。しかも横にはプロ中のプロが目を光らせて座っているものですから、普段自分が何気なく運転するよりも一〇倍も二〇倍も疲れるのです。

そんな中、ほんの少しでもタイヤが縁石に触れただけでも減点ですから、否応にも緊張します。普段自家用車を運転するときは結構どんな場面でも我流でやってしまいますが、教習所ではそれが返ってあだとなる場合があるのです。

中には意地の悪い教官がいて、「はい、ではここで一度Uターンしてください」と言ったので、素直に私は何の疑いもなくUターンしようとしたら、「ちょっと待って、あの標識はなんや?」と言われてはじめてそこがUターン禁止区間だったことを知りました。そこの教習所の構造を何もまだ把握していないのにいきなりそんなことを言うなんて、「そんなん〝嫌がらせ〟やん」と思いました。
また、同じく構造がよく分からないのに、だいぶ前の地点で「次の一番の標識を入って」とか言われてもこっちは一番がどこか知らないので、探しながら前進するとやや行き過ぎてしまい、大回りをしただけで「うわー、恥ずかしい」とその教官は言い放ったのです。正直「こいつ、今この状況じゃなかったら横から殴ってるとこやで」と思っていましたが、何とか我慢していました。

でも、途中から「学科の自習をしろ」と言われる意味がだんだん分かってきました。というのも、学科が思っていたよりも結構難しくて、模擬テストをしても、及第点に届かないのです。結構常識で答えられる問題もあるのですが、残りの問題はどうしても改めて覚えなければなりませんでした。一種免許を取って何十年も経っているのに、標識すらまともに覚えていませんし、知らないルールが意外とたくさんあることを思い知らされました。

結局、授業が早く終わる予定だった木曜日も、朝に渡されるスケジュールを見るとやはり残り時間はすべて自習となっていました。さすがに疲れてきたこともあり、再び、今日は少し早く帰ってもいいかと尋ねたところ、今日の昼の本模擬試験で九〇点以上取ったら考えてあげても良いとの回答でした。

しかし、結果は八七点、あとちょっとというところでまたまた残業が決定しました。初めから八〇点台ばかり、なかなか九〇点を突破できません。これはもう少し本腰入れないと本試験場での試験も落ちてしまうという危機感が募ってきました。ちなみにこの本模擬、九〇点以上取れるまではいくら技能が終わっていようとも卒業させてくれません。そして、次回の本模擬は次の日曜日にするとの突然の発表。日曜日と言えば、今週唯一子供と休みが合い、一緒にどこか行けると思っていただけにショックでした。

「ホンマに七日間休みなしでみっちりやん。何もこんな詰め詰めにせんでも良いのに……」

思わず、そうつぶやいていました。

翌日、金曜日も最終までみっちり授業がありました。

そして土曜日、早くも技能の卒業検定です。しかし、その卒検の前の授業で、「シミュレーション」という授業があり、マシンを使って車を運転するのですが、このマシンがまた乗り物酔いした時と全く同じ症状になるのです。たまにまったく大丈夫な方もいるそうなのですが、結構の割合で気分が悪くなるそうです。

私は決まってそういうときは悪いほうの側に入ってしまうのですが、案の定非常に気分が悪くなり、その後の昼食も喉を通らず、午後一の卒検を迎えました。

そこの教習所は本当に皆さん良い教官ばかりで私は結構気に入っていたのですが、唯一例の嫌味な教官だけは嫌いでした。そしたらまた運の悪いことに、卒検にその教官が当たりました。正直「うわー、こいつか。落とされるんちゃうやろか」と内心思いましたが、もう仕方がありません。やるしかないと気を取り直し、いざ卒検へ。

まずは教習所内での試験項目をこなしていきましたが、どれも失敗することなく何とかやり過ごせました。しかし、実際の路上に出てからは、何か所か「うーん、今の減点されたかも……」と思う場面もありました。

「バス停近くで止めてくれ」と言われた時のことです。その先で止まれそうなところで停止するよう指示されたのですが、どう考えてもその先にはそう遠くない場所にバス停がありました。かといってあまり急に止まってもいけないと思い、私は、出来るだけ緩やかにしかもバス停に近づかないように車を止めたつもりだったのですが、ちょうどタイミング悪く後ろからバスが迫ってきたのです。その状況下で停止した瞬間、その教官は「あー……」と大きなため息のような声を上げました。

「アカン、もうこれで大幅な減点や。もうアカンわ」と絶望的な気持ちになりましたが、「まあでも教習所に帰るまでは精一杯走ろう」と気を取り戻したのです。

そして、教習所に帰って来て、その教官が真っ先に「うん、結果合格です。あのバス停は私の判断ミスでした。あそこで停止を告げたのは間違いでした」と言うではありませんか。私はびっくりして、「えー、それやったらその時に言ってくれよ。こっちはもうアカンのかと思ったのに」と思いましたが、「まあ合格言うとるし、そんなことこだわらずにさっさと帰ろう」と気持ちを切り替え、その場を去りました。

「よし、これで、もう教習車に乗らなくて済む」と思うと少し安堵の気持ちが漂ってきました。学科のみに専念できるのがうれしかったのです。

そこでもうその日は帰ってても良かったのですが、明日の追試に向けて、もう少しだけ自習しようと思い、一時間くらい勉強してから帰りました。

それでもまだ九〇点取れる自信はなかったのですが、同じような問題を何百問も解いていると頭がおかしくなってきて、とても疲れるので、「もう明日アカンかったらまた違う日にやればいいわ」と、開き直りました。

そして日曜日、二回目の本模擬です。やり始めた印象は「やはり簡単ではない。分からない問題が何題かある。正直、自信ないなあ」と思いながらやっていましたが、何とか九三点取れて、ようやく教習所とおさらばできる日がやってきました。「ああ、もうここに来なくて良い」と思うだけで非常にうれしかったです。

結局、まるまる七日間、教習所に費やしました。

ただ、肝心要の本試験がまだ待っています。正直本模擬試験で取れた九三点も怪しいもので、まだまだ自信がなかったので、私は翌日の月曜日には本試験には行かず、最終の勉強を近所のマクドナルドで二時間半ほどしました。

そして火曜日、いよいよ本試験会場です。まさかこの年になってまた、免許の合否をあのでっかい電光掲示板で見なければいけないとは思ってもいませんでした。試験はやはり、まだ分かりづらい問題が何題かありました。合格の自信はなかったです。

結果発表の電光掲示板を祈るような思いで見ていました。「受かっててくれ、こんなところもう二度と来たくない。頼む」と思っていましたら、電光掲示板に合格者の番号が出ました。

「うん？　ないぞ、俺の番号（二一番）が。いきなり六〇番台から始まっとるやん。えー、それまでの番号のヤツは皆落ちてるってこと？」

そう思った瞬間、画面がさっと切り替わり、二種と書かれた下に私の番号二一番がありました。「よっしゃー、さっきのは一種の合格者やったんや」とそこではじめて事態が呑み込めました。これは本当にうれしかったです。

話は前後するのですが、実はこの二種免許を取るに当たって、もう一つ大変苦労したことがありました。

それは教習所に入る前に必ずパスしておかなければならない「深視力《しんしりょく》」と言われる、普通の視力検査とは違って、動いている棒の動きを捉えるという検査です。具体的には三本の黒い細い棒が立っていて、真ん中の棒だけが、前後に動いており、その真ん中の棒が両サイドの棒と重なった時にボタンを押すという検査です。

私は視力は良いので、そんなもんきっと見えると思ってやってみたのですが、これがまったく見えないのです。要は真ん中の棒がとても移動しているとは私には見えなかったのです。受付の女性が頑張って付き合ってくれて、何度もチャレンジしましたが、合格範囲にまったく入ってこないのです。

それを見ていた上司のおじさんが、「見えへん？　アカンか？」と言ってきたので、正直見えませんと言うと、「うん、これだけ見えないと多分もう何回やっても同じやと思うし、うちらはどうこうしろとは言えないので、一度タクシー会社の方に連絡入れてみて指示をあおいでください」とおっしゃいました。

早速会社に連絡を入れると、「ああ、それ見えへん人多いですけど、大丈夫です。矯正のメガネをかけられたら見えますし安心してください。メガネ屋紹介しますし、一度行ってみてください」とのことでしたので、私はすぐにメガネ屋へと走りました。

ところが、どんなレンズを入れても裸眼とほとんど変わらないのです。店員のお兄さんも少し困っている様子でした。「えー、俺、メガネでもアカンのか。どうしよう」と思っているところに、その店員の母親らしきおばさんが奥から現れ、「んー？　どうした？　アカンか？」裸眼でもう一回やってみようと言われ、裸眼でやってみると、今度はなんとなく動いているのが微かにではありますが分かるのです。どうも、そのメガネ屋にある機械と教習所にある機械は違うらしく、メガネ屋の機械はいわゆるアナログ方式で、実際に奥の箱の中で棒が動いているのですが、教習所のやつはデジタルというか、画面上でそれを同じように再現している機械らしいのです。私には断然アナログ方式の方が見えやすかったのです。

そのおばさんに、何度かテストされ、「大丈夫、アンタは裸眼でいける。さっきから何回も見ているけどばっちりほとんど合っているで」と言われ、結局メガネは買わずに帰ってきました。

「ああよかった、メガネ代浮いた」と少しほっとしていましたが、問題は教習所の機械でパスしなければ入所すらできないことです。再び教習所に行き、チャレンジしましたが、やはり教習所のは見えません。少し斜めから見たり、色々工夫はしたのですが、どうしても見えないのです。

その様子を見ていた例の教官がまた出てきたので、「アカン、まずい。こいつが出てきたらもう止められる」と危機感を募らせたのですが、その人が意外な提案をしてくれました。

「これは通常はやらない裏ワザなんやけど、一回本試験場で、視力検査だけ受けてきゃはったらどうです？　それさえ、パスしとかはったら、もうここ（教習所）でどうこう言う問題じゃなくなるからね。ただし、その後の学科試験は受けたらアカンで。落ちるやろうから、視力検査が先にあるのでそれだけ受けて、後の学科試験は、体調が悪いとか何とか言って、帰ってくるんや。その視力の合格証は三か月間有効やから、教習所卒業してからでも十分間に合うで」

それを聞いて、私は早速本試験場に向かい、視力検査を受けました。最初覗いたときはやはり見えにくかったのですが、担当者が優しい方で、一度中の構造がどうなっているか横から見てくださいといって、横から見せてくれたのです。

ありがたいことに、ここの機械はメガネ屋の機械と同じアナログ式でした。横から見ると、なんとなく動いている棒の距離感もつかめたのか、次に目を当てたときには一発で合格しました。「ああ、これで恐怖の深視力から解放される」とうれしく思い妻に電話をしましたら、妻が「うそー、私、絶対落ちてくると思ってたわ」と言いました。正直、私も多分アカンやろなあと思っていたので、意外な結果でした。

でも、この深視力、三年毎に試験があるらしく、今から次が不安ですが、まあ一応現段階で受かればそれで良しと思いました。

そんなちょっとした苦労もしたうえで、教習所の入所を許可されたという経緯があったということです。

これで、いよいよタクシー会社への入社が決まりました。まあどこまでやり続けられるかは分かりませんが、出来るところまで頑張ろうと考えています。

これで一応、私の就活（就活と言えるほどのレベルではありませんが）は終わりました。

## 就職活動を終えて

繰り返しになりますが、私自身、仕事を辞めたことはまったく後悔はしていません。しかし、今時、よほどの技量、経験、実績などがない限り、中年の転職は非常に危険だということが言いたかったのです。

もし、うつ病などの病気を患われたら、まず、辞めることよりもできることなら休職という選択肢を採られることをお勧めします。

私はもう三度も休職をしたうえでの退職でしたからやむを得ない面がありましたが、休職という選択肢がある場合はどうか、一旦休んでゆっくりと考えていただきたいのです。

そのうえで、どうしても辞めたければ辞めるのも仕方ないでしょう。ただ、嫌だからと言って、プイっとすぐに辞めるのだけは出来れば避けてほしいという願いがあります。

まあ私は何の取り柄もないおっさんですので、皆さんとは違うと思いますが、それでも転職については、どうか慎重になさっていただきたいと思います。

# 第四章　いま、うつ病について思うこと

# 私のこれまでの経緯

私は、今から約一〇年弱くらい前から、うつ病的な症状が出始めました。それ以降、仕事を休職したり、様々な薬も飲み、何人かの医師にも診察してもらいました。

しかしながら、休職しているときなど、一時的には良くなるものの、何か「すっきり」といった感じではありませんでした。

休んでいれば良くなる、しかし仕事に行きだすと、しばらくすればまた悪くなる……といったことを繰り返していました。

そのうち症状はどんどん悪化していき、終いには毎日死ぬことばかりを考えるようになりました。どの方法が一番家族や周りの人に迷惑をかけないで死ぬことが出来るかなど毎晩のように布団の中で考えていました。

それで私が出した結論は「首つり自殺」でした。家の中で実行しては、家を売却するときに価値が下がってしまい安くなるといったようなことを聞いていたので、「死ぬなら外で」と人目のつかない場所もある程度特定していました。

もうその頃になると、死ぬことがまったく怖くなくなっていました。その頃、私はまだ四〇代前半、あと一五年以上この仕事を続けなければならないと思うと、それだけで気が遠くなって倒れそうになっていました。

前作「うつ再発　休職中の告白」（ハート出版）にも書いていますが、毎日、仕事に向かう足取りが本当に鉛でも引きずっているかのような有様でした。

毎日が辛い、辛くて辛くて仕方がない。大好きな家族がいるにもかかわらず、私は仕事から逃げたい一心で、死ぬことばかりを考えていました。もちろん抗うつ薬は欠かさず飲んでいましたが、効いているのやらいないのやら、ただ惰性で毎日飲んでいたという感じでした。

でも私は、落ち着いて考え直しました。私は、前に出した本の中で「死ぬなら辞める。辞めるなら休む」と堂々と公言しています。そんな私が自殺などすれば、読者を裏切ることになってしまうので、やはり死ぬことは止めておこうと考えなおしました。

となると、残された道はただ一つ、もう仕事を辞めるしかありませんでした。私の中ではこのまま仕事を続けるくらいなら死んだ方がましだと思っていたので、仕事を辞める決心がついたのだと思います。

そして、私は、四四歳という実に中途半端な中年期に次の就職先も決めないまま、仕事を辞めることにしました。普通ではあり得ないことです。家族もおり、働き盛りの中年が仕事を辞めることがいかに傍から見ればおかしなことかくらいは私も認識していましたが、もう限界でした。

仕事を辞め、今は別の職業に就いていますが、ここ数年ずっと私の頭に取り付いていた魔物のようなものがすっかりいなくなりました。

今、はっきり言えます、「うつ病が治った」と。

それは一番身近で見ている妻もそう言ってくれています。

以前のような、もやもや感が嘘のように消えました。やはり私のうつ病の本当の原因は、「税金を毎日、無駄遣いしている。やってもあまり効果のないことに税金をどんどん使っていると思う自分が嫌いだった」ことから来ていたと思います。その気持ちが毎日自分を責め立てていたのだと思います。

まだ仕事は変わったばかりなので、断言はできませんが、今は少なくともそのような自分を責める気持ちは持っていないので、本当に「すっきり」しています。

なぜなら、今は、お客様をある地点からある地点まで車でお送りする。そして、その対価を頂戴する。至極当たり前のことをしているという自負が自分の中にあるからだと思います。やはり私の今までの給料のもらい方は、「違っていた」と今でも思っています。

先ほども述べたように、はっきり言ってやっても効果が見込めないとわかっているのに税金を投入し、その効果とは無関係に私たちは毎月決まった給料をもらっている。そのやっている仕事と自分の給料が、私の中ではどうしても結びつかなかったのです。

多分ですが、今はそれが合致しているから、自分で納得しているのでしょう。

自分の場合のうつ病の根本原因は、その辺にあったように思います。もちろん、うつ病の原因は人それぞれですので、あくまでも参考に読んでいただければと思います。

本当に今では、うつ的な症状は見事になくなりました。

あの嫌な、なんとも言えないどんより感がないのです。こんな気分はここ数年味わったことがありません。正直今の仕事も決して楽ではありませんが、先ほどの自分の納得があっての仕事なので、精神的な苦痛がないのです。

私の場合は、このように長年のうつ病の根本原因を絶ったからうつ病が治りましたが、現実はなかなかその根本原因から逃れられない、あるいはその原因すら分からないといった方もおられると思います。

そのような方にはなんとアドバイスして良いのか難しいところですが、もし私のようにうつ病の本当の原因が分かっていてそれを手放せるのなら、思い切って手放した方が良いと私は思っています。

何も、死ぬほど辛い思いをしてまで、現在の地位や仕事、家庭（ＤＶ問題など抱えておられる方など）に固執する必要はまったくないと私は思っています。

無理をして、身体や精神を壊していては、何もならないと思います。

生きていれば、辛いことも楽しいこともあると思いますが、その辛いことが毎日の大半を占めるようでは、うつ病にもなります。

うつ病は、どこかで受け入れられない自分への感情が心の中にあるからなのではないかと私は思っています。

私はとにかくギリギリまで我慢を重ねて出した結論（仕事を辞める）だったので、すんなり納得ができたからかもしれませんが、うつ病で苦しんでいる皆さん、もし原因が手放しても何とかなりそうなら手放してくださいというのが私からのメッセージです。

まあ世の中そう簡単にはいかないことくらいは私も知っています。あくまでもできればという話です。

ただ、「命あっての仕事である」ということだけは忘れないでください！

# 人付き合いが煩わしかった自分

私は、これまでにバイトも含めると、本当にたくさんの職場を経験してきましたが、ケンカをしなかったことがないくらい誰かと常に衝突してきました。

まぁ、どなたにも多かれ少なかれあることだとは思いますが、不思議と行く先々で合わない相手がいるのです。私はもうそういった人たちに合わせることに疲れてきました。同僚クラスや後輩とはあまり揉めた記憶がないのですが、先輩や上司などとはことごとく揉めてきました。

もちろん、嫌いな人間が多すぎる私に大きな原因があるのでしょう。もうこれ以上、誰かと一緒に仕事をしていくということは無理なんじゃないかと最近になって思ってきました。

そういった意味でも、一人きりになれるタクシードライバーは私には向いているのかもしれません。一旦、営業所を出てしまえば、誰に何を言われることもなくある程度自由に行動ができます（もちろんお客さんの指示される場所に行かなければいけないという意味では自由ではありませんが）。こればかりは継続してみなければなんとも言えませんが、少なくとも現時点ではそのように良いように捉えています。

私は学生時代は元々あまり人付き合いの悪い人間ではありませんでしたが、結構一人の時間を大切にする方でした。しかし、社会人になり、年を取るにつれて、人付き合い自体が面倒になっていったのです。

実は、前の会社の直属の上司とも犬猿の仲になっていました。私は個人的にこの人が大嫌いでした。普通のサラリーマンならそんなことを感じないかもしれないし、うまく立ち回るかもしれませんが、私は一度許せないと思うと、もう余計なことは一切しゃべらなくなってしまいます。万が一、この上司が私にとって良い人であったとしても、それで仕事が続けられたかどうかは分かりませんが、本当に嫌いで仕方ありませんでした。

大部分のサラリーマンは合わない上司と一緒に仕事をすることにも耐えているのでしょうが、私には無理でした。我慢が足りないと言われてしまえばそれまでです。

確かに人間にも良いところもあります。誰かが困っているときには、みんなで助け合おうとしたり、人のためになる活動をしておられる素晴らしい人たちもいるでしょう。また、交友範囲を広げておいた方が、色々アドバイスをもらえたりといったメリットもあります。しかし、私は、人付き合いということ自体が極めて苦痛なのです。

このように私は社会性に欠ける人間なのですが、これもうつ病の要因の一つになっているのかもしれません。

そんな私ですから、自分にも自信がまったくありません。そのことをたまに妻にもらすのですが、妻はいつもこう言って慰めてくれるのです。

「アンタは確かに変わっている。変人や。偏屈やし人付き合いも悪い。社交性、社会性もまったくないし、普通の人とは違う。でもなあ、パパにはパパ独自の良い部分も持ってるねんで。頭は良いし、優しい。それにその偏屈なところも決して悪いとは思わんよ」

しかし私は、「頭が良ければ、今頃こんな状況になってるかいな」と笑いながら言い返しています。

## 個人の仕事がとても心地よい

私は元々、人と一緒に仕事をすることが嫌いでした。複数で同じ仕事をする、これには良い面もあれば悪い面もあると思います。良い面は、仕事を教えてもらったり教えたり、一人の失敗を皆でカバーしたり、あるいは一人では思いつかないようなアイデアを皆で採用して分かち合ったりといったことです。

一方で、合わない上司の言うことでも基本的には従わなければなりません。意見として述べる分には構わないでしょうが、それも余り行き過ぎると上司の気分を損ねかねません。

良い上司に恵まれれば良いのですが、そうでないケースの方が多いのではないでしょうか。自分も含めて人間は完全なまでに不完全にできています。その不完全な人間同士が一緒に何かをやれば軋轢が出来てきて当然です。

最近では、パワハラという言葉が存在するように、自分の地位を利用して、傲慢な振る舞いを平気で行う人間もいます。

それに、複数人でやる場合の欠点は、自分がミスをした時に周りに迷惑をかけるし、気も使うし小言の一つも言われます。

「一本の矢よりも三本の矢」の方が数倍力が増すという話は有名ですし、実際に職場でもそういうケースもあるでしょう。一人のアイデアがその企業を一気に成長させる場合だってあるでしょう。そして、何か良い業績を上げれば、周りからも一目置かれ、褒められるときもあるでしょう。

私が思うに、その職場で行っている業務にきわめて明るい、それを得意としている人にとっては、もしかしたらその場所が居心地が良いかもしれません。でも私みたいに、行っていること自体に疑問を感じている人間や、その分野が得意でない人にとってはその集団には居づらいのではないでしょうか。

私は人付き合いが苦手で、家族とさえいられれば他の人との付き合いの必要性をまったく感じません。そうでない人から見れば淋しい人間に思われるかもしれませんが、私は本気でそう思っていますし、家族だけの空間が心地よいのです。

その点で、今のタクシードライバーという職業はある意味最高なのです。もちろんお客様との会話は最低限あります。でもそれは気にならないのです。なぜならそれはあくまでお客様であって、仕事仲間ではないからです。お客様との会話は〝仕事のうち〟だと割り切れますし、お金を頂戴しているのだから、少々厳しいことを言われてもそれは仕方ありません。それにタクシーの場合、いくら嫌な客だと思っても、長くて三〇分も我慢すれば降りていってくれますし。

事務所の人間とも会話はしますが、あくまで一緒に仕事をするわけではないので、まだ気が楽です。

タクシーはひとたび車庫から出庫すれば、あとは帰る（入庫）まで一人きりでの営業です。休憩時間に他のドライバーさんと談笑はします。でもしつこいようですが、それも仲間ではあるが一緒に営業をする人たちではないのです。

私は、この一人でできる営業がたまらなく好きなのです。一日の売り上げは確実に自分一人にかえってきます。売り上げが良ければ、自分の成績、悪ければそれも自分一人（厳密に言えば会社にも影響を及ぼしますが）にかえってきます。それが非常に心地がよいのです。

他人に足を引っ張られることもない、全部自分に結果が帰属している点が私の性に合っているのでしょう。

しかし、それが職場の同僚となったらどうでしょう。三〇分どころか一日中一緒にいなければなりません。それも毎日です。私はそれにも耐えられなかったという面が少しではありますが、うつ病の要因になっていたような気がします。

私は、人に使われるのも使うのも嫌です。元々面倒くさがりなのでしょう。人間関係は良いこともありますが、はっきり言って煩わしいです。

人間関係で悩んでおられる方、私みたいに簡単（実際はそう簡単ではありませんでしたが）に人間関係から解放されるわけにはいかないかもしれませんが、何かの参考にしていただければと思います。

## 〝うつ病になる脳〟

私は第二章で自分自身のうつ病の本当の原因について語りました。しかし、それはあくまでも外的要因です。私は長年うつ病を患って感じたことは、うつ病には外的要因と内的要因が重なった時になるような気がしてきたのです。

私の外的要因は第二章のとおりですが、内的要因として考えられるのは、やはり〝うつ病になる脳〟というのが存在するのではないかということです。

私は医師でもなければ研究者でもありませんので、扁桃体がどうのとか、海馬がどうのといった専門的なことは言えませんが、私は、長年の体験からうつ病になるにはそういった性質の脳を元々持っているという仮説を立てています。

よくうつ病は、「心の風邪」「誰もがなり得る病気」などと言われていますが、私は「何があっても絶対にうつ病にならない脳を持っている人がいる」ことを確信しています。

それは、これまでに様々な人を観察してきて感じたことですが、本当にうつ病にならない人は絶対に何が起ころうともならないのです。

うつ病になる人というのは、やはり脳内の何かの機能が低下しているか、どこかに異常があるとしか思えないようになってきました。現に、抗うつ薬や精神安定剤が効く場合が多いこともそれらを立証していると思います。

元々、少し弱い脳（頭が悪いという意味ではありません）を持った人が、何かのきっかけで嫌な外的要因に長期間さらされることによってうつ病は発症すると私は考えています。

私の脳も多分何かがおかしいのでしょう。でも、これはもう仕方がないことですから、うまく薬を使うなり何なりして、付き合っていくしかないと考えています。医学が発達して、これらの内的要因を改善してくれる方法が現れることを切に願っている今日この頃です。

おそらく私の場合も多分第二章の外的要因だけではうつ病を発症しなかったと思っています。それらに自分の内的要因が加わって、はじめてうつ病が発症したのでしょう。


私のうつ病はこの先どうなるかは、私自身もよく分かりませんが、少なくとも以前の仕事を辞めたことによって、自殺念慮は消えましたし、不思議なくらい肩こりや背中の痛みが消えました。

本当にこの先、タクシードライバーでやっていけるのかなどといった不安がないかと言えば嘘になりますし、本当は不安で仕方がないのが偽らざる気持ちですが、これで自殺という最悪の事態を免れたのだから、まあ良いかと今は思っています。

というのも、私はまだ仕事に行っていた時、このまま会社に行き続けるのならもう毎日肩からかけている鞄の紐で首を吊ろうと毎朝考えて出勤していたからです。それを実行に移さなかったのは、やはりまだ小さい子供がいたことが大きな理由でした。

今、自分が死んでしまったら確実にこの子は苦労する、たとえ会社を辞めても生きてさえいればまた何とかなるかもしれない——その一心で私は退職という道を選択しました。今では死ななくて良かったと思っていますし、辞めて正解だったと思っています。

やはり、人間には耐えられることと耐えられないことがあります。一言に我慢と言っても可能な我慢とそうでない我慢があると思います。

皆さんも、どうかもうこれ以上は無理と思われたら、あまり無理をしないでください。生きる道は一つではないはずです。どうか早まらない（自殺しない）でください。私からのメッセージです。

こんな状況下でも何とか生きている中年のおっさんがいるということだけでも、どうか記憶に留めておいていただければ幸いです。

## うつ病にどう立ち向かうか、どう付き合うか

これは、うつ病の進行段階がどの程度かによっても違いますが、まず私のように、何か大きな外的要因が存在する場合は、やはりそれを取り除く、つまり、辞める、離れるなどのアクションを起こさない限り、一生うつ病の苦しみから抜け出せないような気がします。外科手術的な手法ですが、そのような場合はもうそうするしかないと私は思っています。

うつ病の苦しみは尋常じゃないです。生きていることに何の未練も感じなければ

ば、死ぬこともまったく怖くなくなるのです。普通の精神状態ではないですよね。本当に生きているのが辛くて仕方がないのです。

でもやはり死んでしまっては元も子もないと思いますので、どうしてもという場合は外科手術（原因を取り除く）しか方法はないような気がします。

それよりももう少し軽度なうつ病の場合でしたら、何もそこまで荒療治をする必要はないと思います。まずゆっくりと休養を取ることをお勧めします。休養は想像以上に効果を発揮してくれるはずです。

また、睡眠薬などを上手に使って、よく眠ることも重要です。寝つきは悪いわ、夜中何度も目を覚ますわ、悪夢は見るわ、寝起きは悪いわでは、やはり身体は休まりません。睡眠はうつ病にとって非常に大切だと私は思っています。

また、今は抗うつ薬なども良いものが増えてきています。昔に比べれば副作用もずいぶん軽減されているようですし、辛ければ無理せずに早めに薬も飲まれると良いと思います。

ちなみに私が色々試した結果、最終的に飲んでいた薬は、毎食後にアモキサン一〇、デパス〇・五、寝る前にロヒプノール二〇ミリでした。これだけでもずいぶん助かっていたと思っています。

本当に段階によって対処法は変わってきますが、それぞれの状況に応じた適切な対処法を医師などとよく相談されて決めてください。

## うつ病は薬では治らない

「うつ病は、薬だけではほとんどの場合完治しない」――これが今私が思っている結論です。もちろん、中には抗うつ薬などで、症状が回復したという話は聞きますし、私も現にこれまで薬や休養により一時的には良くなった時もありましたが、今、振り返ると、とても完治とは言える状態ではありませんでした。

それは、いくら薬を飲んでも、また休養しても、結局嫌な仕事に戻るからどうしても症状がぶり返してしまうからです。

私だけに限らず、様々な薬を飲んでいるが一向に良くならないという話もよく耳にします。

それはそうですよね。薬を飲んでいることによって、嫌いな仕事が好きになれる訳がないし、嫌なことがすっきり解決するわけでもありませんから。

また、そのような薬があれば、それはそれで逆に怖いことだと思います。そんな薬があれば、たとえ嫌なことが忘れられても、違った障害が出てきそうです。

たとえば、麻薬がそうですよね。もちろん私はやったことがないので分かりませんが、おそらく最初は、最高に気分が良くなるのだと思います。しかし、そのうち禁断症状や幻覚などが現れ、精神と身体に障害をもたらします。

飲めばどうなるか、なんとなく想像はつくのです。私はこれまでに様々な抗うつ薬や抗不安薬を飲んできましたが、どれもこれもはっきり効き目が実感できる薬というのははっきり言って皆無でした。

しかし、唯一ものすごくその威力を感じた薬がありました。それは、今やうつ病の治療薬として処方することは禁じられている「リタリン」です。

リタリンは別名「合法ドラッグ」とも言われ、私は処方された時は医師からはっきりとこれは一種の麻薬ですよと言われました。ただし、合法的なもので、問題はないのでと言われ、短期間ではありますが飲んだことがあります。

さすがに合法ドラッグと言われるだけあって、その効き目は抜群、頭が異様にすっきりし、何か自分の人格さえ変わったような気がしました。元々、はしゃぐタイプでもないし、明るく社交的ではない私が、何か妙に明るいのです。積極的に人に話しかけていったり、普段なら話さないようなことまでペラペラ人にしゃべっている自分に気づいていました。

いったい何なんだ、この薬は。多分、麻薬はこれの数倍気分が良くなるのではないかと勝手に推測してしまいました。

合法ドラッグと言われるリタリンですら、こんなに気分が良くなるのなら、麻薬はきっともっとすごいに違いないと思っていました（もちろん麻薬には手を出しませんが）。

麻薬は、精神も肉体もボロボロにしてしまうというのは誰でも知っていることです。にも拘わらず、手を出す人、常習者の数は減りません。私はなんとなく分かるような気がするのです。気がするだけで、決して手は出しませんし、許す気もありませんが、ただ、手を出し、止められなくなる人がたくさんいることは理解できます。

私見ですが、リタリンには依存症になる危険性があると思っています。あれだけ頭のもやもや感が消え、すっきりする気分を一回味わうと、薬が切れるとまた飲みたくなるのは至極当然だからです。

医師から、この薬は決してうつ病を治す薬ではない、ただ、あまりにも症状が酷い患者さんに一時的な対処療法として処方するものだから出しただけで、ずっと飲み続ける薬ではないからと言われ、渋々この薬とは縁を切りましたが、逆に少し怖さも感じたのも事実です。これだけ脳に変化をもたらすということ、まして や合法ドラッグと言われている薬、これは医師に言われなくとも、飲み続ければ、やばいかもしれないという気持ちも自分の心の片隅にはありました。

その後、やはりその効用のせいか、依存性の問題のせいなのか何なのかははっきりとは知りませんが、リタリンは先ほども言いましたように、うつ病の治療薬として処方することは禁じられるようになりました。

ためしに、またあの感覚を味わってみたいという気持ちから、何度か医師に「リタリンを処方してもらえませんか？」と言いましたが、見事に一〇〇％断られました。今となっては良い思い出であり、貴重な経験をしたと思っています。

なぜなら、合法ドラッグの効用がどんなものなのか（本当の麻薬とはまた全然違うかも知れませんが）、また、依存症になる確率が高いことなどを身をもって体験できたからです。リタリンを飲んだことにより、麻薬に手を出してはいけないという意識が高まりました。一旦手を出せば、簡単には元に戻れないという「感覚」を味わえたことは貴重な体験でした。もちろん、今ではリタリンを飲もうなんて思ってもいません。一部ではインターネットなどで高額な値段で取引がなされているようですが、本来、薬は医師が処方するものですし、体験者の感想として、そのような方法で入手してまで飲む薬ではないと思っています。

経験上、この薬が禁止（うつ病以外の一部の精神的な症状には出されることは可能です）された理由も私ははっきり理解できますし、私はこの薬を禁止したことは、適切な判断だったと思っています。

一番大きな要因はやはりその高い依存性にあると思います。人間は「気持ちいい」ことが好きなように身体も精神も作られています。小さな錠剤を飲むことによって、簡単にその快感が得られるのなら、現実社会で努力する必要が無くなるのではないでしょうか。

だから麻薬に手を出した人たちのその後は悲惨なものになるのだと思います。

後は、リタリンのような効き目はありませんでしたが、前作にも書いていますように、うつ病の後半はもっぱら「アモキサン」に頼っていました。ちなみにアモキサンも量を増やすと少し気分が悪くなったので、あまり量は飲んでいませんでした（一番小さな錠剤を毎食後程度）。

この薬は比較的私に合っていたようで、副作用もなく、飲み始めてからしばらくはなんとなく効いているような気がしていましたし､何よりうれしかったのは、これも前作に書いていますが、下痢や軟便が改善されるのです。元々下痢気味の私にとっては、思わぬ非常に有難い副作用でした。便秘症の方には逆に辛いかもしれませんが。

とにかくアモキサンは、腸内の水分を取ってくれる作用があるみたいです。

しかし、通常、抗うつ薬は飲み始めてから効果が現れるまでに、最低でも二〜三週間必要と言われています。医師によっては、一か月という医師もいました。うつ病は今にも死んでしまいたくなるような強烈な病気です。それなのにそのための肝心要の対応する薬が飲んですぐに効かないなんて、非常に残念なことだと私は常に思っていました。

私はバカなので、もちろんそんな薬の開発には携われませんが、今後、ぜひとも世の賢い人たちの頭脳と努力によって、即効性のある抗うつ薬を開発して欲しいものだと切に願っています。

でないと、その間、辛い症状を抗不安薬や睡眠薬、休養などでしのぐしかないからです。もちろん先述していますように、今となってはその抗うつ薬もたいした効果はないと思っていますが、いくらなんでも効き目が現れるまでに二〜三週間は長すぎます。普通、市販の風邪薬や痛み止めでも、服用して二、三〇分くらいで効果は表れてきます。なのに二〜三週間、あるいは一か月なんて長すぎです。いくらなんでも時間がかかりすぎだろうと私は思っていますが、今の医学の技術水準、あるいは、人間の体の特徴からして、現状はそれが精一杯なのでしょう。たいていの患者さんは、最初にショックを受けられるのではないでしょうか。

患者さんは辛くて仕方がないどうしようもないような状態で、心療内科や精神科の門をたたいています。そんな時に「今から飲む薬は効果が現れるまでに、結構期間がかかりますよ」などと言われれば、誰だって不安になるでしょう。

そのくせ、吐き気やおう吐、便秘などといった副作用だけはすぐに出てきます(出る場合の話ですが)。なんとも厄介な薬です、抗うつ薬という薬は。中にはその初期に現れる副作用が嫌で薬を勝手に止めてしまう人もいます。

それくらい、副作用は人によって強く出る場合もありますし、ＳＳＲＩなどの出現で副作用はかなり緩和されたとは言われていますが、それでも出てしまう人は出てしまいます。

私も昔、三環系抗うつ薬に属する「アナフラニール」という薬を飲んだ時は、よほど身体に合わなかったのか、異常な気分の悪さに襲われ、服用を止めてもその症状はしばらく収まらなかった経験があります。

吐き気はするわ、異様な焦燥感に駆られるわで、こんな薬（もちろん合う方には合うと思いますが）、症状を良くするどころか、むしろ悪化させているのではないかとさえ思いました。

直ぐに服用を止めましたが、その変な副作用だけは結構長い期間続きましたので、それ以来、新しい薬を処方されるときは、医師に必ず副作用のことをじっくり聞いてから、処方してもらうようになりました。

そのような事情があるからかどうなのかは分かりませんが、最近の傾向として、医師はＳＳＲＩ、あるいはＳＮＲＩといった比較的副作用が少ないと言われる新しい薬を処方したがるような気がします。

しかし、このＳＳＲＩ、新しいからか開発費がかかったからか、特許の件からか何かは知りませんが薬価が高い。私はＳＳＲＩのデプロメールを一時期服用していましたが、あんなに小さなオレンジ色の粒なのに結構高くつくのです。

その割には、効果は私の場合、まったく感じられませんでした。ＳＮＲＩも飲んだことがありますが、これは結構副作用がきつかったので直ぐに服用をストップしました。

薬は本当にその種類によって、また、服用する人によって様々な症状が出てくる可能性があります。

ただ、今、私は抗うつ薬について、個人的に断言させてもらうとすれば、抗うつ薬ではうつ病は完治しないということです。もちろん一〇〇人が一〇〇人ともとまでは言うつもりはありませんが、ほとんどの場合、無理だと思っています。

私よりも今までにたくさんの薬を試された方もたくさんおられるでしょうし、私が今までに服用してきた薬なんて、向精神薬全体からすればあくまでも一部にしかすぎません。しかし、自分の経験から思うことは、薬はあくまでも対症療法であって完治するための薬ではないということです。

風邪薬でもそうですよね、風邪薬そのものには風邪を治す力はありませんが、風邪の辛い諸症状を緩和する力はあります。抗生物質は別として普通の総合感冒薬などは症状を和らげるだけで、風邪を治すのは人間が本来体内に持っているウイルスを退治してくれる力なのです。

抗うつ薬もこれに似ているような気がします。完治させる能力はないが、辛い症状は多少なりとも緩和してくれる、そんな感じだと思っています。だから、私は頭から抗うつ薬を否定するつもりは毛頭ありませんし、「そんなの飲んだって一緒だから止めなさい」と言うつもりもないです。

足を骨折した時に松葉づえが必要なように、うつ病にも松葉づえの働きをしてくれる抗うつ薬がもしかしたら必要なのかもしれません。

でもしつこいようですが、抗うつ薬はあくまでも松葉づえであって、骨折（うつ病）を直接治すものではないということが言いたかったのです。

私の場合、仕事を辞める直前ももちろん抗うつ薬を服用していましたが、何の効き目も感じられませんでした。ちゃんと決まった量を決まった時間に服用しているにも関わらず、症状は悪化するばかり。終いには、前述したようにお昼の弁当のふたを開ける事すらできなくなっていました。せっかく妻が毎朝作ってくれるお弁当を食べなければ申し訳ないとは思うのですが、もうまったく食欲がなくご飯を一粒も食べる気がしなかったのです。それでも別に午後にお腹が空くことはありませんでしたし、空腹感をまったく感じなかったのです。

その反動からか、夜に晩御飯もそんなに食べないくせに、やたらと甘いものに手を出したり、お菓子を貪ったり、明らかに異常な行動をしていました。

## うつ病なんか吹っ飛ばせ！

何度も言いますが、うつ病を振り返って思うことは、命あっての人生、命あっての仕事だということです。間違っても仕事あっての人生ではないということです。

私たちは仕事のために生きているのではない、生きるために仕事をしているということを決して忘れてはならないと思います。

私には、知らず知らずのうちに、「この仕事を失ってはすべてを失ってしまう」という思い込みがありました。その強い思い込みが、自分自身をとことんまで追い詰めていた根本原因だと思っています。

仕事に限らず、何かに固執しているが余りに、うつ病になっている場合があるのではないでしょうか。

私の場合、固執していたものは明らかに仕事でした。安定した収入、一般的な中小企業よりも高い給料、あるいは、年齢的に転職なんか絶対に無理、今更転職しても絶対にうまくいかないという思い込みから、前の仕事に必死にしがみついていました。

でも、今ではそれはやはり間違った考えだったと思っています。

そのために、私は自殺を本気で考えるまでに精神的に追い詰められていましたし、うつのどん底を味わってしまいました。

医者を何度か替え、その都度多くの薬を飲んできましたが、結局薬には完治させる力はなかったようです。

今では少し我慢し過ぎたと思いますが、その当時はそのことに薄々気づいてはいましたが、極限まで我慢に我慢を重ねていました。

私さえ仕事を我慢すれば、家族が幸せでいられる、その思いの一心でこれまで踏ん張ってきましたが、やはり我慢にも限界があります。

その結果が、自殺念慮へと誘っていたと思っています。

皆さんもあまり無理をしないでください！

これが私からのメッセージです。うつ病なんかに人生を翻弄されてはもったいないです。

「うつ病なんか吹っ飛ばせ！」

一度きりの人生です。行き過ぎた我慢なんかもう止めましょう！

何かを手放せば気が楽になるかもしれません。

難しいかもしれませんが、うつ病の原因が、もし手放せるものでしたら思い切って手放してみるのも一つの方法ではないかと思います。

まず、命が大切です。健康が大切です。その上での「何か」だと思います。命を捨ててまでやる「何か」などないのではないでしょうか。遅いかもしれませんが、うつ病が治って、そのことを痛感している現在です。

極端な話、仕事は辞めてしまっても何とかなる可能性はあります。しかし、命は捨ててしまってはもう終わりなのです。人生において、自分自身に何度でもチャンスを与えてあげても良いのではないでしょうか。

私は決して裕福な家庭に生まれ育ってはいません。というかはっきり言って貧乏でした。でも両親は一生懸命働いてくれていましたし、感謝しています。だから、仕事を辞めても暮らしていける財産などどこにもありませんが、今は一生懸命タクシードライバーとして頑張っています。

一般的にタクシードライバーと言えば、特に良いイメージはないと思います。でも私は、前の訳の分からない税金が給料になっている仕事よりも、今のタクシードライバーの方がよほど子供に胸を張って言える職業だと思っています。

命を捨ててしまっては、家族が想像を絶するほど悲しむことでしょう。仮にご家族がいなくても、きっと誰かが悲しむでしょう。

周囲の人々をそこまで悲しませるほど、固執しなければならないことなんてあるでしょうか。

仕事は本来、家族や自分の幸せのためにやるべきことです。それなのにその仕事が原因で死んでしまっては、結局家族を悲しませることになってしまい、本末転倒だと今では思っています。

私は前職を辞めたことはまったく後悔していませんし、今では「うつ病よ、さようなら」って気分、清々しい気分で一杯です。

綺麗ごとを言うつもりはありませんが、人生は何度でもリトライ（再チャレンジ）することが可能だと思っています。今のやり方、生活のあり方が自分に合っていないのであれば、思い切って変えるべきだというのが私の今の正直な心境です。

私は皆さんに決して「頑張ってください」とは言うつもりはありません。ただ、「あまり無理をしないでください」ということだけが言いたいのです。

せっかく頂いた人生なのだから生きましょうよ、そして幸せになりましょうよ。

人生の九割以上は辛い事かもしれません。いや、きっとそうです。でも楽しいことや好きなことも多分探してみればあると思います。その楽しいこと、好きなことを是非とも大切にしてください。

「無理せず生きていきましょう！」

そのうちに良いことがあるかもしれません。

# おわりに

最近、あれほど転職に反対だった妻からこう言われました。

「仕事が変わってから、明るくなったね！　前のようなどんより感が無くなったね。仕事辞めてそれは本当に良かったと思っているよ」

確かに私もそれは実感しています。以前のように人生に絶望感を感じなくなっています。以前は、「ああ、これからも後十五年以上にわたってこの嫌な仕事を毎日こなさなければいけないのか」という強迫的なまでの思いに駆られていましたが、今ではそのような思いからは解放された感じです。

一番身近で私を見ている妻がこう言ってくれたことによって、今では本当に前職場を去って良かったと思っていますし、幾分気が楽になったのも事実です。

何度も繰り返しになりますが、収入は激減どころの話ではなくなってしまいましたが、命あっての仕事です。何も仕事のために死ぬことはない、仕事のために死んでは本末転倒です。まずは生きることが大切だと思います。その上ではじめて仕事があると思います。

これは、仕事だけに限らず何に関しても言えることではないでしょうか。たとえば、子供の命を助けるために親が犠牲になるなどの話なら理解できますが、命を犠牲にしてまでやらなければならないことなんてそんなにあるでしょうか。

何かに固執するあまりに心を病んでしまった方、今一度再考してみてください。それは、本当に命を犠牲にしてまでやらなければならないことですか？　我慢しなければならないことですか？

私は、以前よりも人生を前向きに捉えられるようになりました。

生きていくためにはお金は必要です。でも、そのお金（収入）の源が、訳の分からない税金からいただいているという思いが自分を苦しめていた根本原因でした。

今は、税金ではなく、自分の力でお客様から直接お金を頂戴しています。本文にも書いていますが、その単純な構造が自分には合っているのかもしれません。以前のような固定給ではなくなっていますが、その分、自分で頑張ってしっかり収入を得なければいけないという思いでいます。

この本は、前作「うつ再発　休職中の告白」の続編のような形で書かせていただきました。前作は、あくまでも途中経過のような報告でしたので、「その後」をどうしても表したかったという思いもあり、出版社の協力のもと、本作を出版させていただきました。

出版社の皆様、そして、何よりも読者の皆様、本当にありがとうございました。

田村浩二（たむら　こうじ）

1967 年京都市生まれ。
主な著書
「強迫性障害・聞きたいこと知りたいこと」星和書店
「実体験に基づくうつ病対処マニュアル５０か条」星和書店
「実体験に基づく強迫性障害克服の鉄則３５」文芸社
「強迫性障害は治ります」ハート出版
「うつ再発　休職中の告白」ハート出版

装幀：サンク

# 長年のうつ病　転職で完治

平成 24 年 4 月 17 日　第 1 刷発行

著　者　田村 浩二
発行者　日高 裕明
発　行　株式会社ハート出版

〒171-0014 東京都豊島区池袋３- ９-23
TEL.03(3590)6077 FAX.03(3590)6078
ハート出版ホームページ　http://www.810.co.jp

©Tamura Kouji　Printed in Japan 2012
定価はカバーに表示してあります。

ISBN 978-4-89295-903-5 C0095　　編集担当・西山　　乱丁・落丁本はお取り替えいたします。

印刷・中央精版印刷株式会社

## ■田村浩二の好評既刊本■

**職場の上司、同僚、そして家族のみんな、わかってください。**

**本人はもちろん、そういった部下を持つ上司、同僚、家族も必読！**

「一人で悩まないで」
「もうあなただけではありません」
うつ病に悩むビジネスマン待望の一冊

**うつ再発 休職中の告白**
「私たち」はいま、こんなことを考えています
田村浩二 著
四六判並製 1365円

実際に二度の休職を体験した著者が、赤裸々に語る「うつ」と「仕事」。経験者ならではの「すぐに職場で使える実践的テクニック」も満載。

表示は税込価格。価格は将来変わることがあります。

■田村浩二の好評既刊本■

# 本人と家族のための安心読本

## 快復のためのコツとヒント満載

強迫性障害って本当はどんな状態（世界）なの？
本人の努力だけで治るの？
支えてくれる人とは？
——これを読めばわかります。

**強迫性障害は治ります!**
ある体験者の苦悩と快復した喜びの報告
田村浩二 著
四六判並製　1365円

不安があっても大丈夫。手を洗い続けていても大丈夫。確認を続けても大丈夫。誰だって不安はあるものだから。
いつかはやめることはできるから。

表示は税込価格。価格は将来変わることがあります。

## ハート出版の「教育問題・心理」シリーズ

### 「いい家族」を願うほど子どもがダメになる理由

富田富士也 著

A5判並製　2100円

誰も気づかなかった成果主義家族の落とし穴。ベテランカウンセラー20年の教訓。相談例満載。

### 新版「いい子」を悩ます強迫性障害Q&A

富田富士也 著

四六判並製　1575円

「いい子」は無理をしています。あなたは子どもの本当の姿が見えますか？本当の声が聴こえますか？

### 新「困った子」ほどすばらしい

池田佳世 著

四六判並製　1575円

人間関係の根幹である家族関係を見直し、再出発できる本。子の沈黙を「快話」に変えるテクニック。

### はじめてのひきこもり外来

中垣内正和 著

四六判並製　1575円

「全国引きこもり親の会」顧問の精神科医が豊富な臨床例から治療の道筋をわかりやすくアドバイス。

表示は税込価格。価格は将来変わることがあります。

## 好　評　既　刊

精神科医が見放した患者が完治している驚異の記録

### 【新装版】精神病は病気ではない

萩原玄明 著　本体2000円　ISBN4-89295-494-2

続・精神病は病気ではない

### 【新装版】精神病が消えていく

萩原玄明 著　本体1300円　ISBN4-89295-485-3

迷える潜在意識が引き起こす青少年期の異変

### 心を盗まれた子供たち

萩原玄明 著　本体1500円　ISBN4-89295-467-5

あなたの中のスピリチュアルな友人

### からだの声を聞きなさい

リズ・ブルボー 著　浅岡夢二 訳　本体1500円　ISBN4-89295-456-X

もっとスピリチュアルに生きるために

### からだの声を聞きなさい2

リズ・ブルボー 著　浅岡夢二 訳　本体1900円　ISBN4-89295-516-7

病気と不調があなたに伝える〈からだ〉からのメッセージ

### 自分を愛して！

リズ・ブルボー 著　浅岡夢二 訳　本体2000円　ISBN978-4-89295-574-7

あなたが病気になる本当の理由

### 超医療セラピー

クローディア・ランヴィル 著　浅岡夢二 訳　本体1800円　ISBN978-4-89295-687-4

〈いま〉を強く生き抜くために

### ホワイトウルフの教え

ホワイトウルフ 著　葉祥明 編　本体1000円　ISBN978-4-89295-639-3

## 好　評　既　刊

［こころ・からだ・たましい］のレッスン

**官能とセクシャリティ**

リズ・ブルボー 著　浅岡夢二 訳　本体1800円　ISBN978-4-89295-901-1

〈お金〉と〈こころ〉の関係 もう一度、見直してみませんか？

**お金と豊かさの法則**

リズ・ブルボー 著　浅岡夢二 訳　本体1500円　ISBN978-4-89295-686-7

あなたの中にある〈聖なる本質《グレース》〉を求めて

**心の自由を探す旅**

ブランドン・ベイズ 著　カンドーフ・さやか 訳　本体1500円　ISBN978-4-89295-652-2

ステップ・バイ・ステップで「夢」を「現実」にする方法

**直観力レッスン**

リン・A・ロビンソン 著　桑野和代 訳　本体1500円　ISBN978-4-89295-554-9

毎日を気持ちよくポジティブに生きて思い通りの人生を手に入れる方法

**運命力レッスン**

ペギー・マッコール 著　桑野和代 訳　本体1500円　ISBN978-4-89295-599-0

あなただけの〈しあわせプラン〉で毎日をもっとハッピーにする方法

**幸福力レッスン**

カーメル・マッコーネル 著　桑野和代 訳　本体1500円　ISBN978-4-89295-678-2

がん患者と愛する家族のための心と体の処方箋

**がんはスピリチュアルな病気**

J・R・マクファーランド 著　浦谷計子 訳　本体2100円　ISBN978-4-89295-595-2

今日から始める愛する人への「メッセージ」作り

**死ぬときに後悔しない「こころの遺産」の贈り方**

ジェミニ・アダムズ 著　峰岸計羽 訳　本体1800円　ISBN978-4-89295-683-6

## 好　評　既　刊

ヒプノセラピーには無限の可能性がある

**対話形式でよくわかるこわくない催眠療法**

藤野敬介 著　本体2000円　ISBN978-4-89295-697-3

第3の医学"ハイブリッド医療"

**「なぜ治らないの？」と思ったら読む本**

河村　攻 著　本体1300円　ISBN978-4-89295-561-7

アニマル・コミュニケーション

**ローレン・マッコールの動物たちと話そう**

ローレン・マッコール 著　本体1600円　ISBN978-4-89295-684-3

ある主婦のアトピー・ぜんそく・鼻炎完治絵日記

**医者・薬いらず、猫いっぱいでもアレルギーは自力で治る！**

市川晶子 著＆マンガ　本体1300円　ISBN4-89295-525-6

医者は助っ人　患者が主治医

**治る病気も治らない医者と患者のカン違い**

今　充 著　本体1500円　ISBN978-4-89295-648-5

ミラクルを実現する5つの法則

**宇宙につながる運命の金の糸**

佐藤明紀良 著　本体2000円　ISBN978-4-89295-698-0

ヘミシンクで無限の可能性を広げ、人生や実生活に役立てよう

**全脳革命**

ロナルド・ラッセル 編著　坂本政道 監訳　本体2000円　ISBN978-4-89295-670-6

未知領域への扉を開く夢の技術

**ヘミシンク入門**

坂本政道・植田睦子 共著　本体1300円　ISBN4-89295-549-3